어머니전

세상의 모든 어머니는 소설이다

어머니

세상의 모든 어머니는 소설이다

처음 펴낸 날 | 2012년 5월 1일

글 | 강제윤
그림 | 박진강

펴낸이 | 홍현숙
주간 | 조인숙
편집부장 | 박지웅
편집 | 무하유

펴낸곳 | 도서출판 호미
등록 | 1997년 6월 13일(제1-1454호)
주소 | 서울시 마포구 서교동 339-4 가나빌딩 3층
편집 | 02-332-5084, 영업 | 02-322-1845, 팩스 | 02-322-1846
전자우편 | homipub@hanmail.net

표지 디자인 | (주)끄레 어소시에이츠

출력 | 스크린
인쇄 | 영프린팅
제본 | 성문제책

ISBN 978-89-97322-03-9 03810
값 | 15,000원

호미 생명을 섬깁니다. 마음밭을 일굽니다.

어머니전

세상의 모든 어머니는 소설이다

강제윤 글, 박진강 그림

호미

세상의 모든 어머니를 위하여

　나그네는 섬을 걷는 섬 여행자다. 지난 여섯 해 동안 이 나라의 섬과 항구 포구를 떠돌며 수많은 어머니를 만났다. 성도 이름도 없이 평생 누구 어미라고만 불리며 살아온 어머니들. 나그네가 만난 어머니들 어느 한 분 내 어머니 아닌 분이 없었고, 어느 한 자락 내 어머니 이야기 아닌 것이 없었다.

　그 길에서 만난 어머니들 중에는 지나가는 사람이 보이면 너무도 짠해서 아무나 불러 밥을 먹이는 어머니가 있었고, 휴가철이 돼도 소식 없는 자식이 그리워 남의 자식이 와도 마음이 설렌다는 어머니도 있었다. 또 해마다 김장 김치와 된장을 담가 놓고 오지 않는 자식들을 기다리는 어머니도 있었다. 평생 자식을 위해 살았으나 이제는 병들어 자식에게 짐이 될까 봐 극약을 지니고 다니는 어머니도 있었고, 자식을 열둘이나 낳았지만, 처절한 외로움 속에서 혼자 늙어 가는 어머니도 있었다.

그렇다고 고난과 외로움에 당하고만 있을 어머니들이겠는가. 어머니들은 그 지난한 고통과 설움의 세월을 이겨 낸 비장의 무기도 간직하고 있었다. 해학과 가락이라는 무기. 삶의 부조리를 해학으로 버무릴 줄도 알고 바닥없는 슬픔을 가락에 실어 보낼 줄도 알았다. 가락을 타면 슬픔도 흥이 되는 법! 어머니들은 모두가 한가락 하는 삶의 고수들이었다.

위인전에 나오는 위인이나 성인들은 너무도 멀리 있다. 그들은 천상의 사람이라도 되는 것처럼 보인다. 그래서 손 내밀어도 가 닿을 수 없다. 하지만 늘 이 땅에 발 딛고 있는 위인과 성인도 있다. 세상의 모든 어머니는 자식들한테 위인이고 성인이다. 자식을 위해 몸과 마음 다 바치는 위인, 자식을 위해 기꺼이 십자가를 지는 성인. 그래서 이 책은 성인전이고 위인전이지만, 우리 바로 곁에 가까이 있는 성인과 위인들의 이야기다.

경배 받아 마땅한, 거룩하고 성스러운 이름, 어머니.
내 어머니와 이 땅의 모든 어머니들께 이 책을 바친다.

2012년 봄날 통영 동피랑마을에서, 강제윤

차례

눈 와도 곡식이 연대
때맞춰 일해 줘야 열재

"옛날에는 약초만 먹고 살았어"

"옛날에는 호랑이가 얼마나 많았던지 사람도 물어 가고 개도 물어 가고 그랬다 하요."

진도군 임회면 남동리 남도석성, 성안마을 뙤약볕 아래 작은 텃밭에서 할머니는 들깨 사이에 난 풀을 뽑고 있다.

남도석성은 몽골의 고려 침략기에 배중손이 이끌던 삼별초가 진도에 독자 정부를 세우면서 해안 방어를 위해 쌓은 돌성이다. 몽골군과 고려 정부군의 연합 공격을 받고 삼별초도 석성도 끝내 허물어져 버렸고, 지금 남아 있는 성곽은 조선 세종 때 다시 쌓은 것이다. 성을 관장하던 관청은 사라졌지만, 성 안에는 누대에 걸쳐 사람들이 살아온

마을이 있다. 마을 안길 담장에는 능소화가 흐드러졌다.

진도는 예부터 호랑이가 많았다. 호랑이도 사람도 벗어날 곳 없는 섬이었으니, 호환에 대한 공포가 얼마나 컸겠는가. '한국판 모세의 기적'이니 '신비의 바닷길'이니 하며 유명세를 탄, 고군면 회동마을과 의신면 모도 사이의 바닷속 길. 이곳 바다가 갈라지게 된 이유도 호환 때문이라 전한다. 호랑이 등쌀에 살 수 없었던 회동마을 사람들이 모도로 집단 피신을 가면서 뽕 할머니만 남게 되었다. 홀로 남겨진 뽕 할머니는 바닷길을 열어 달라고 용왕님께 간절한 기도를 올렸다. 용왕님은 할머니의 애절한 소원에 감복해 바다를 열어 주었고, 마침내 바다 사이로 난 길을 건넌 뽕 할머니는 기진맥진해 그만 숨을 거두고 말았다. 하지만 뽕 할머니의 기도 덕에 그 바닷길은 지금도 해마다 열리고 있다.

"하도 오래 산 게 존 세상도 보고. 너무너무 존 세상인디. 하도 명이 긴 세상이라."

할머니는 길쌈을 못 하면 옷도 못 입고 다니던 그 시절을 떠올리며 연신 세상이 좋아졌다고 찬탄이다. 그러니 명이 길어서 탈이라는 그 투정의 말씀이 어디 진심이겠는가. 할머니는 텃밭 한 귀퉁이에 약초도 심었다. 진도 산야에는 약초가 널렸다. 진도뿐이랴. 실상 우리 산과 들에서 나는 풀이나 나물 치고 약초 아닌 것이 있던가. 특히 홍주 만드는 데 쓰는 지초芝草는 진도에서 만병통치약으로 통했다.

"애들이 체하면 지초라고, 그놈 갖다 놋그릇에 넣고 화롯불에 올려 참기름하고 우려서 애기한테 떠먹이면 나섰지, 엄마가 의사였지라."

지난날에는 길러 먹는 채소에 기생충이 많았다. 이 또한 '엄마 의사'가 퇴치했다.

"배추를 생으로 쌈 싸 먹고 채독에 걸리면 그 벌레가 사람 피를 빨아 먹어. 그냥 두면 죽어라우. 한디 옥수수 수염 대려 먹으면 나섰어."

병이 있으면 병을 낫게 해 주는 약도 곁에 있었다.

"지금 생각하면 옛날에는 약만 먹고 살았어. 도라지랑 더덕이랑 맨날 노물(나물)로 먹고 살았제."

할머니는 그런 약초들을 캐다 팔아 자식들을 키우고 교육시켰다.

"잘사나 못사나 부자로는 못 살지만, 못된 일 안 하고 사는 것만도 고맙지. 팔십 묵은 노인, 두 늙은이 사는데 이제 나가게 된다우."

이 오래된 마을도 곧 철거될 예정이다. 정부는 남도석성 주민을 이주시키고 성 안의 여러 관청을 복원해 관광지로 만들 계획이다.

"정부에 팔렸어라우. 관광객 오면 구경하라고 한다요. 나가라고 할 때까지 이런 거 해 먹고 살라고 남아 있소."

"애기맨치로 할애비는 재워 놓고 나는 풀을 뽑소"

할머니는 민달팽이가 뜯어 먹은 깻잎을 들추며 혀를 찬다.

"벌게(벌레)가 요케 부애(부아)나게 하요. 민달팽이라고 공산당 넋이라고 한디. 공산당보다 더 징해."

지금은 민달팽이가 보이지 않는다. 땡볕을 피해 숨어 버린 걸까.

"뜨걸 때 나오면 죽으께 지가 못 나와라우. 밤에만 나와라우. 농약 뿌래도 안 죽어라우. 그라게 공산당 넋이라 하제."

낮에는 어딘가에 숨어 있다가 밤에만 출몰한다 해서 민달팽이를 빨치산, 공산당 넋이라 부르는가 보다. 게릴라전의 명수, 민달팽이.

"애기맨치로 재워 놓고, 할애비는 재워 놓고 나는 풀을 뽑소."

할아버지는 낮잠을 주무시고 할머니는 풀을 뽑는 남도의 한낮. 평생을 그리 살아왔을 터.

"내가 풀을 매서 든내빌면(버리면), '매번 또 돋는디 머하러 또 뽑소?' 그랍니다. 안 매고 놔두면, 풀이 덮어 불면 열매가 안 여는 줄도 모르고 그라요. 열분 백분이나 매도, 애기만 하고 있어도 이놈이 커 갖고 깨 못 열게 하는디 안 매면 쓰것소."

할머니는 팔순이 넘어서도 속없는 할아버지가 밉지 않은 눈치다. 그저 징글징글한 풀과 벌레가 야속할 뿐이다. 풀을 나무라던 할머니가 다시 더위를 피해 낮잠을 자고 있을 달팽이를 나무란다. "에라이 징한 놈의 짐승아. 민달팽이, 고동달팽이, 깨밭은 민달팽이 그것이 원수여라우. 원순을 싹둑 짤라 불고. 부애가 나것소? 안 나것소?"

할머니는 풀을 뽑으면서도 처음 본 나그네가 끼니 거르고 다니는 것이 걱정이다. 아들 같은 나그네한테 "어르신, 뭐 좀 잡수고 가야 할 텐디" 하며 연신 미안해한다. 자식들은 어머니가 햇볕 뜨거운 한낮에 일하는 것이 걱정이다. 아들 셋 딸 다섯, 여덟 남매. 휴가 때 놀러 와서도 자식들은 내내 걱정스럽게 어머니한테 당부하더란다.

"볕 날 때 뜨건 데서 일하지 마시오, 그럽디다. 그라니까 내가 그랬소. 눈 와도 곡석이 연대, 때맞춰 일해 줘야 열재. 즈그도 인사로 하는 말이제. 그 뜨건 데서 일하께."

텃밭에는 기름 짜서 쓰던 아주까리도 심었다.

"씨는 안 밑진다고 여기 하나 심겨 놨지."

자녀들은 날마다 안부 전화를 해 온다.

"자석들 전화하는 것이 효자제. 이녁 자석들 킬라께(키우려니) 부모 건사할 수가 있어야제."

그러면서도 한편으로는 자식과 함께 사는 노인들이 부럽기도 하다.

"부모하고 사는 메느리, 아들이 젤 복 있는 사람이제. 부모한테 불효자는 어디서 복을 받을 데가 없어."

"놈의 그늘에서도 요케 크냐, 징한 놈의 풀아"

텃밭에는 독초인 부자附子도 심었다. 저건 어디다 쓰려는 걸까.

"그냥 심어 봤소. 부자는 돼지 새끼하고 과 묵는다 합니다."

나그네와 이야기를 나누면서도 할머니의 손은 노는 법이 없다. 들깻잎 그늘에서 풀포기를 뽑아낸다.

　"워매, 놈의 그늘에서도 요케 크냐. 징한 놈의 풀아."

　들깻잎 그늘 밑에서 자라면서 들깨의 성장을 방해하는 풀을 나무라는 말씀이다. 나그네는 이제 다시 길을 나선다. 사립을 나서는 나그네한테 할머니는 축원을 잊지 않으신다.

　"복 많이 받으시오."

　할머니 마음이 길 떠나는 아들을 배웅하는 어미의 마음이다.

　석성마을 안길을 걷는다. 얼마 뒤면 사라져 버릴 풍경들. 나그네는 수백 년을 이어 온 이 작고 아름다운 마을이 흔적도 없이 사라져 버릴 것이 못내 애석하다. 문화재란 무엇일까. 이미 사라져 쓸모없는 관청 건물을 새로 짓는 것이 과연 문화적 가치가 있는 일일까. 저 오래된 마을과 집과 돌담과 나무와 사람들이야말로 진정 살아 있는 문화재가 아닐까. 그들을 쫓아내고 만드는 껍데기뿐인 건물들. 거기에 어떤 생명력이 있을까. 마을을 살리고 사람살이가 이어지게 하는 유적 복원은 불가능한 것일까. 이제 이 마을이 사라지면 나그네는 또 어디로 가서 저 오래된 삶의 이야기를 들을 수 있을까.

그물코도 삼천 코면 걸릴 날 있다고
차분히 맘먹고 사시오

동문시장에 가면

제주도에 가면 꼭 들러야 할 곳이 있다. 제주시 동문시장. 한라봉이나 은갈치, 옥돔 등 제주 특산품을 아주 싼 값에 살 수 있는 곳으로 동문시장만한 곳이 없다. 공항 판매점의 절반도 안 되는 값에 더 싱싱하고 질 좋은 물건을 구할 수 있다.

동문시장은 제주에서 최초로 설립된 제주 최대의 상설 시장이다. 1945년 광복 직후에 생겼으니, 올해로 시장의 역사가 67년이다. 많은 재래시장이 대형 할인점이나 백화점의 위세에 눌려 사양길로 접어들었지만, 동문시장만큼은 늘 사람들로 붐빈다.

시장 안에는 생선, 건어물, 젓갈, 채소, 과일, 정육점, 횟집, 식당, 수선집까지 각종 점포가 삼백육십여 개나 입주해 있다. 특히 어물전은 성산포와 표선, 한림, 서귀포, 제주항 등 제주 전 지역에서 쏟아져 들어온 수산물로 성시를 이룬다. 갈치나 고등어, 옥돔 같은, 제주를 대표하는 수산물은 물론이려니와, 방어나 잿방어, 한치, 도미 같은 횟감도 싼 값에 판매된다.

제주에서 나는 생선들도 지역마다 맛이 다르다. 갈치는 성산포 것이 가장 좋고, 옥돔은 표선 바다에서 난 것을 최상품으로 친다. 방어나 삼치는 모슬포 산을, 자리는 보목 산을, 성게는 마라도나 가파도 산을 윗길로 친다.

제주를 여행할 때면 나그네는 반드시 이 시장 활어 좌판에 들른다. 방어회는 오천 원짜리 한 접시면 혼자 먹기 충분하다. 가을 고등어 철에는 펄펄 뛰는 산 고등어 세 마리를 1만 원에 회 떠 주기도 한다. 시중 횟집에서는 상상도 할 수 없이 싼 가격이다.

시장에는 회를 떠 가거나 수산물을 사 가면 요리를 해 주는 식당이 여러 곳 있다. 고등어나 갈치조림, 매운탕 등 이들 식당에서 직접 요리하는 음식들도 시내에 있는 유명 식당들보다 값은 싸면서 맛은 월등하다. 시장에서 그때그때 최상의 신선한 재료들을 사다 요리하기 때문이다.

"학교만 댕겼으면 동네 반장은 했을 거요"

나그네는 동문시장 어물전 골목을 어슬렁거린다. 문득 좌판에서 생선을 파는 할머니 한 분이 나그네 발길을 붙든다. 점포도 갖지 못하고 좌판을 벌여 놓고 앉아 있는 할머니. 그 얼굴이 그렇게 온화하고 평화로울 수가 없다. 할머니는 양철통에 방석을 깔고 앉아 작은 담요로 무릎을 덮고 있다.

"할머니, 여기서 얼마 동안이나 장사하셨어요?"

"이 자리에서만 사십이 년째요. 설 쇠면 사십삼 년이고."

올해 여든 살. 김남순 할머니는 마흔두 해 동안 같은 자리에 앉아 있었다. 어떤 수도승이 한곳에 마흔두 해 동안 앉아 있을 수 있을까. 십 년 면벽만 해도 고승이라고 추앙받는 세상 아닌가. 할머니는 진즉 한 소식 한 것은 아닐까.

"학교를 안 댕겨서 암것도 몰라. 내 입으로 할 소린 아니지만, 학교만 댕겼으면 동네 반장은 했을 거요."

할머니는 배우지 못한 것이 한이다. 공부하고 싶어 학교 보내 달라고 조르다 어머니한테 맞기도 많이 맞았다. 하지만 학업의 꿈을 이루지 못했다. 끝끝내 무학.

"엄마를 잘못 만났어. 자식은 잘 될라면 바깥부모보다 안부모를 잘 만나야 해. 아부지가 공부를 못 하게 해도 몰래 갈칠 수 있어야지."

하지만 할머니의 어머니는 아버지가 공부를 시키겠다는데도 한사코 말렸다.

"엄마가 글 배우면 똥갈보 된다고 뚜들겨 팬께 학교에 못 갔지."

어머니는 배운 여자들은 정숙하지 못하다는 편견이 컸다. 반면에 아버지는 아들이고 딸이고 다 배워야 한다는 입장이었다.

"아부지는 똥갈보가 돼도 눈을 떠야 왕초가 될 수 있다고, 갈치라고 했는디. 전 재산 주지 말고 눈에다 줘라. 눈에다 준 재산은 죽도록 가져가지만, 전 재산을 줘도 폴아 빌면 없어져 빈다 했는디."

하지만 아버지도 결국 어머니의 고집을 꺾지 못했다. 어머니는 아들은 모두 공부시켰으나 딸들은 끝내 학교 문턱을 못 넘게 발목을 걸었다.

할머니 고향은 전남 해남이다. 태어난 지 채 백 일도 못 돼서 측량기사로 일하는 아버지를 따라 제주도로 건너왔다. 제주에서 열다섯까지 살았으니 제주 또한 고향이다. 해방되자 아버지를 따라 다시 해남으로 돌아갔다. 아버지는 해남 화산에서 정미소를 운영했으니 그때로서는 큰 부자였다. 시집도 해남 옥천에서 정미소 하는 집으로 갔다. 남편과는 금슬이 좋았다. 정미소를 운영하던 남편이 위장병을 얻었다. 목포 적십자병원 의사가 "물이 좋은 제주에 가서 살아야 낫는다" 해서 식구들이 모두 제주로 왔다. 그때부터 다시 제주살이가 시작됐다.

"제주 살던 사람은 다시 제주에 살게 돼 있어. 한번 나가 살다가도 내 대에 못 오면 자식 대에라도 와."

제주로 와서는 탑동 산지 부둣가에서 풀빵 장사를 했다. 돈을 벌어 큰 식당도 했다. 그때는 구내식당이 없던 때라 도청, 시청, 검찰청 직원들까지 할머니 식당에서 밥을 대 놓고 먹을 정도로 번성했다. 하지만 남편 병이 악화되자 식당을 접었다. 식당 해서 모았던 그 많은 돈도 병원비로 다 날렸다. 하지만 남편은 끝내 세상을 버렸다.

"목포 순회병원이라고 미국 병원에 갔더니 돈이 한라산이라도 못 고친다고 데려가라 합디다."

그때가 서른여덟 살이었다. 아직 젊은 나이였지만, 생전의 남편에 대한 사랑이 워낙 지극하다 보니 다른 생각이 들지 않았다.

"어디 가면 이런 남자를 또 만나랴 하게 좋았어. 그러니 젊어서 혼자 돼도 딴생각이 없었어."

"사람은 재산은 없을망정 신용은 있어야 해"

남편 보내고 오로지 자식들만 생각하고 살았다. 생활은 어려웠다. 하지만 남편 형제들 누구 하나 도움의 손길을 보내 주지 않았다.

"내가 잘살 때는 모르겠더니 없이 되자 형제간에 잘사는 것도 의지가 안 돼요. 못사는 형제는 떼어 버리고, 그런 맘을 묵습디다. 인자 경험 얻었소. 팔십 묵어사."

그래서 시작한 것이 생선 행상. 그러다 동문시장 지금 이 자리에 생선 좌판을 연 것이 마흔두 해 전이다.

"내 대에는 고생해도 후대에는 고생을 안 시켜야 했는디. 사람은 맘 먹은 대로 돼도 안 합디다."

지금이야 차로 운반해 주지만, 그때는 배에서 생선을 받아 시장까지 직접 머리로 이어 날랐다.

"고등어 백 마리 이면 가심(가슴)이 쭉쭉 쑤셔. 그래도 넥타이 매고 가방 든 사람만 보면 우리 애들도 저렇게 키워야지 생각이 들고, 그럼 발이 댓 발은 가벼워져. 시방은 참 편한 시상이요."

그 무거운 세월을 머리에 이고 살면서도 자식들을 생각하면 기운이 펄펄 솟았다. 그것이 어머니다. 오랜 세월 생선 좌판을 했지만, 많은 돈을 벌지는 못 했다. 자식들도 잘살지 못한다. 그래도 생선 장사로 여섯 남매를 무탈하게 키웠고 먹고살았으니 그로 족하다.

할머니가 깔고 앉은 양철통은 요술통이다. 양철통 안에는 촛불이 켜져 있다. 공기가 통하게 하려고 통 옆구리는 구멍을 숭숭 뚫었다. 촛불 하나를 켜 두면 온종일 엉덩이가 뜨끈한 양철통. 장바닥에서 추운 겨울을 나는 지혜다. 할머니는 마흔 해 넘게 생선 장사를 해 왔지만, 수입품이나 냉동 생선은 취급해 본 적이 없다.

"배 하나를 맡아 놓고 생고기를 포요(팔아요)."

어선 한 척과 계약해서 제주 바다에서 바로 잡아 온 싱싱한 생선만 사다 판다. 그러니 작은 좌판이어도 단골이 많다.

"사람은 재산은 없을망정 신용은 있어야 해. 손님한테 한 번 실수하면 손님 떨어져."

할머니 경험으로는 대체로 성산포부터 추자도까지 제주 동북쪽 바다에서 나는 생선 맛이 뛰어나다.

할머니는 겨울철에는 보통 아침 아홉시쯤 나와서 저녁 일곱시쯤 일을 마친다. 하지만 여름철에는 새벽 세시부터 나와 장사를 준비한다. 생물뿐만 아니라 말린 생선도 파는데 여름에는 새벽부터 소금 간을 해서 말려야 냄새도 나지 않고 상하지 않기 때문이다. 선풍기 바람으로 말리기도 하지만, 대체로 계속 부채질을 해서 말린다. 그러니 어깨가 성할 턱이 없다.

"어깨가 달아나 불라고 해라우."

시장 좌판에서 장사한다고 반말을 하는 손님들도 더러 있다. 할머니는 점잖게 타이른다.

"시대도 개발되는디 말씀은 개발 못 하요?"

그러면 손님들도 함부로 하지 않는다. 아빠 손을 잡은 아이 하나가 좌판 앞을 지나간다.

"아이고, 잘도 걸어가시네."

할머니 말씀이 참 곱다.

"국밥이나 잡수고 가시오, 내가 살라요"

할머니는 이제 다른 소원은 없지만, 막내아들 결혼 못 시킨 것 하나가 한으로 남았다. 아들은 발레를 전공해서 세계적인 발레단 단원으로 활동하다가 지금은 캐나다에서 발레 선생님으로 일한다.

"날씬해. 키도 크고 예뻐요. 아까워. 한복 입혀서 예식장에 세워 보는 게 원인디. 장가 안 간 게 한이요."

마흔 살이 넘도록 독신인 막내아들이 걱정이다. 아들은 장가가라고 하니까 캐나다로 도망가 버렸다. 어른이 돼도 자식은 어머니에게 늘 어린아이다. 나그네는 이제 서귀포로 넘어가야 할 시간이다. 할머니는 떠돌이 나그네가 밥 굶을까 걱정이다.

"저녁이나 잡수고 가써요. 국밥 잡술 줄 아요? 내가 살라요."

아무리 염치없는 나그네라도 어찌 할머니가 사 주는 밥을 먹겠는가. 할머니는 나그네도 자식 같은지 당부를 잊지 않는다.

"첫 숟갈에 배부를까. 방죽을 파 놔야 머구리(개구리)가 뛰어들제. 그물코도 삼천 코면 걸릴 날 있다고 차분히 맘먹고 사시오."

조급하게 살지 말라!

장바닥의 부처님이 일깨워 준 진리의 말씀이다.

여기 오는 사람들은 전부
내 밥 먹고 가

이야기를 따라가는 섬길

염산鹽山은 소금의 고장이다. 염산면 향하도 포구를 출항한 여객선이 큰 각시 섬을 지나 낙월도落月島로 향한다. 이 바다에도 100헥타르에 이르는 거대한 풀등이 있다. 밀물 때는 물에 잠기고 썰물 때면 모습을 드러내는 거대한 모래 평원. 송이도, 상낙월도, 하낙월도 등 영광군 낙월면의 바닷속은 온통 풀등 천지다. 바로 앞에 목적지를 두고도 직진하지 못하고 여객선이 먼 길로 돌아가는 것은 그 때문이다.

낙월도 뱃길에는 대각시도 소각시도 두 섬이 나란하다. 수심이 낮은 바다엔 한때 지주식 김 양식을 했던 자취가 뚜렷하다. 지금은 더는 김 양식을 하지 않지만, 그때 세워진 나무기둥들은 여전히 썩지 않고 서 있다. 대각시도와 소각시도는 바로 옆에 있는 작은 섬과 마주하고 있다. 혹시 저 섬은 구렁이 서방 섬이 아닐까. 옛날 대각시도와 소각시도에는 암구렁이가 한 마리씩 살았다. 대각시도에는 큰 각시 구렁이가 소각시도에는 작은 각시 구렁이가 살았다. 마주한 섬에는 두 각시를 거느린 수구렁이가 터를 잡았다. 구렁이들은 서로 만나러 다녔다. 섬사람들도 배를 타고 가다 헤엄치는 구렁이들을 자주 목격했다. 섬 이름이 전설을 낳은 건지, 전설이 섬 이름을 만든 건지 나그네는 알 길이 없다. 하지만 죽은 듯 엎어져 있는 작은 섬에 생명을 불어넣는 것이 이야기의 힘이라는 사실만은 분명하다. 그러니 나그네가 섬으로 가는 길은 그런 이야기들을 채집하러 가는 서사의 길이기도 하다.

"나는 아무한테나 밥 먹으라 해요"

낙월도의 옛 이름은 진달이섬이다. 달이 진 섬이 아니라 지고 난 달의 섬. 이름 한번 고적하다! 달이 남기고 간 섬이기도 할 터! 두 섬을 한 이름으로 부르는 경우가 더러 있다. 상하 사량도, 상하 추자도처럼 상하 낙월도 또한 낙월도란 한 이름으로 부른다. 예부터 두 섬은 썰물 때면 길이 생기고 물이 들면 길이 사라져, 한 몸이면서 둘이고 또 둘이면서 한 몸이었다. 지금은 두 섬 사이에 연도제가 놓여 온전한 하나가 되었다. 다리가 아니라 제방으로 연결한 것이 연도제다. 관공서 같은 큰 건물들이 없어서인지 하낙월도가 상낙월도보다 더 아늑한 느낌이다.

하낙월도 마을 어귀쯤일까. 길가 어떤 집에서 아주머니 한 분이 박을 타 바가지를 만들고 있다.

"우리 딸이 만들어 달래서 하는데 너무 힘들어. 거름 많이 주고 키워서 따 갖고 톱으로 타야지. 속을 긁어내고 삶아야지. 껍질 벗겨서 말려야 하고."

종일토록 바가지를 만드느라 진이 빠진 모양이다. 민박하면서 가게도 겸하는 집. 맥주 한 병만 달라 했더니 난데없이 밥까지 내오면서 어서 먹으란다.

"시장하겠소, 어서 자시오."

행색 누추한 나그네가 허기져 보였던 것일까. 마침 점심을 걸러서 시장하던 참이다. 황석어젓과 김치, 매운탕까지 올라온 푸진 밥상. 보리와 녹두를 넣고 지은 밥이 달고도 고소하다. 밥 한술 위에 젓갈을 올려 먹으니 한 그릇이 뚝딱이다. 밥도둑이 게장뿐이랴. 젓갈도 밥도둑이다. 여자는 임자도가 고향이란다.

"첨에 여기 와서 심란했어라. 큰 섬에 살다가 이 쪼막만 한 데로 오니. 하늘하고 땅하고만 보여서 어찌나 답답했던지. 도망도 못 가고."

여자는 시집와서도 부잣집 아들로 곱게만 자란 남편 때문에 고생이 심했다. 집안은 기울었어도 사는 습관은 쉬이 바뀌지 않았다. 생선 장사라도 해서 집안을 꾸리려 해도 부끄럽다고 장사를 못 하게 했다.

"아저씨가 철이 없어 갖고 장사를 못 하게 해. 아무것도 몰라. 돈 벌어야 하는지도 몰라. 건달이야. 나이 먹응게 인자 사람 됐지."

그래도 식구들 부양하려니 장사를 다녔다. 어느 날은 머리에 생선 대야를 이고 가는데 배가 너무 고팠다. 그런데 어떤 집 마당, 개 밥그릇에 누룽지가 보였다. 허겁지겁 주워 먹었다.

"그놈 건저 묵는디 그렇게 맛날 수가 없었어."

그렇게 여자는 집안을 일으키고 여섯 남매를 키웠다. 그리고 이제는 사는 데도 여유가 생겨 지나는 나그네 붙들고 밥을 먹이는 게 일이다.

"내가 고생하고 살아서 배고픈 설움을 알아. 나는 아무한테나 밥 먹으라고 해. 여기 오는 사람들은 다 내 밥 먹고 가. 내가 밥을 다 해 줘."

여자는 자기가 만나는 사람 누구도 소중하지 않은 인연은 없다고 생각한다. 그러할 것이다. 내가 만나는 사람 중 특별하지 않은 사람이 누가 있으랴. 오늘 내가 만난 사람은 지구에 사는 칠십억 명 중의 한 사람이 아닌가. 칠십억 분의 일이라는 확률로 만나는 인연이 어찌 특별하지 않으랴.

구십 년을 바다만 바라보고

마을을 돌아 나오는데 할머니 한 분이 돌담 가에 앉아 마냥 바다를 바라보고 있다. 누굴 기다리는가.

아흔한 살, 김윤덕 할머니.

"혼자 있어서 심심해서 나왔어. 어째 잘 안 죽어. 내 동갑내기는 다 죽고. 내보다 젊은 아이들도 다 죽었는디."

할머니는 서른셋에 과부가 되어 내내 홀로 살았다.

"놈들 같으면 존 사람 얻어 갖고 몇 번을 시집갔을 텐디 늙도록 혼자 사요. 혼자되고 놈들이 시집가라고 그란디 아들 셋 때문에 혼자 살았소."

할머니는 상낙월도에서 태어나 하낙월도로 시집와서 평생을 섬에서만 살았다.

멀리서 빨간 오토바이가 다가온다. 분홍색 옷을 입은 사람이 타고 있다.

"저서 무슨 여자가 오나?"

할머니는 호기심 어린 눈으로 오토바이를 주시한다. 우편배달 오토바이다. 우체부는 할머니 곁을 획 지나 골목으로 사라진다.

"나한테 온 줄 알았더니 그냥 가 버리네."

할머니는 섭섭한 듯 사라진 오토바이를 바라보다 이내 바다로 눈길을 돌린다. 하염없는 바다. 할머니는 하염없이 바다만 바라본다. 그렇게 아흔 해 세월이 하염없이 흘러가 버렸다.

세월아 네월아
오고 가지를 마라

"외국 사람인데 한국말을 하네"

통영시 원평 포구. 칼날 같은 추위가 귀를 끊어 놓을 듯 매섭다. 지
도로 가는 배를 기다리고 있다. 통영 시내로 마실 나갔던 할머니들이
시내버스에서 내린다.

바람을 피할 수 있는 대합실은 비좁다. 작은 컨테이너 대합실 안,
그나마 바람을 피할 곳이라도 있으니 다행이다. 섬 주민 다섯이 들어
오니 대합실이 꽉 찬다. 할머니 한 분이 대뜸 나그네한테 말을 건다.

"어디서 왔소."

"서울에서 왔습니다."

"겉 보니 외국 사람인데 말은 한국말을 하네."

턱수염을 기르고 배낭을 멘 겉모습 때문인지, 나그네는 섬을 돌다가 자주 외국인으로 오해받는다. 주로 아이들과 노인들이 아주 외국인으로 단정하고 말을 건다. 아이들은 "헬로" 하며 손을 흔들고 노인들은 대뜸 어느 나라 사람이냐고 묻기 일쑤다.

"한국에 온 지 오래됐는가 보네. 한국말을 잘하이."

"예, 몇십 년 됐습니다."

"그라이 그라고 한국말을 잘 하제. 어느 나라서 왔소."

"하늘나라서 왔습니다."

"무슨, 하늘나라가 어딨다꼬."

슬쩍 장난으로 대답했는데, 할머니는 나그네를 여전히 외국인으로 생각하는 눈치다.

할머니가 잠시 대합실 밖으로 나갔다가 온다.

"추운데 어딜 다녀오세요?"

"담배 묵고 옵니다."

"여기서 드시지요."

"그럼 당신이 좋아하우까? 누도 담배는 안 좋다 하우다. 술 한 병 사서 갈라 묵고, 담배도 묵고."

"술도 드셨어요?"

"한 병가 다섯이서 갈라 묵으니 묵을 게 없다."

할머니는 반찬거리도 살 겸 통영 시내에 나갔다가 오는 길이다.

"천 원가 떡 사면 몇이나 묵나. 술 한 병 천삼백 원이면 다섯이 여섯이 갈라 묵는디."

추위를 이기기 위해 할머니는 소주 한 병을 사람들과 나눠 먹었다.

"그래도 한잔 묵었다고 기분이 좋고, 좋데이."

"통영에 자주 나가세요?"

"늙은 게 할 일 있나. 그라이 통영 가지. 통영 가야 술도 사 묵고 담배도 묵고."

지금이야 날이 추워서 내갈 것이 없지만, 할머니는 통영 장날이면 손에 잡히는 건 무엇이나 싸들고 장으로 간다. 호박잎도 따 가고, 진달래꽃도 따 가고, 굴도 까서 간다. 꼭 팔기 위해서라기보다는 장에 갈 평계를 만드는 셈이다. 그렇게 장날에는 사람들과 만나 이야기도 나누고 술도 한잔 사 먹는 것이 더할 수 없는 즐거움이다.

할머니가 나그네 얼굴을 물끄러미 쳐다보더니 한마디 한다.

"총각인가, 아저씬가. 내가 관상을 보니 염만 밀면 미남인데 왜 그라고 다니나 영감멘키로."

할머니한테는 수염이 영 거슬리는 모양이다. 그래도 이내 수염을 인정해 준다.

"유행 따라 사는 것도 제멋이라."

"어디서 이런 아저씰 사겨서 왔노"

지도에서 도선이 건너왔다. 차를 싣고 다니는 도선은 수리하러 들어가고 임시로 작은 나룻배가 다닌다. 섬까지는 채 십여 분도 걸리지 않는다. 할머니는 거망마을에 산다. 할머니를 따라가겠다고 하니 어서 가자고 반긴다. 할머니 집은 마을회관 바로 옆. 마을회관은 동네 할머니들이 모여서 노는 장소다. 나그네가 회관으로 들어서니 할머니들이 반기면서 어서 손을 녹이라 이끈다.

"뭘 볼 끼 있다고 하필 이 칩운데 왔노."

배에서 만난 할머니가 뒤따라 들어오니 할머니들이 농을 친다.

"어디서 이런 아저씰 사겨서 왔노. 재주도 좋다."

"사길라면 이런 사람 사겨야지."

할머니들이 내놓는 우스갯소리로 썰렁한 방 안 공기가 훈훈해진다. 보일러가 고장 나 다들 전기장판 위에 이불을 덮고 앉아 두런거리던 중이다. 배에서 만난 분은 김영이(75세) 할머니. 신명이 많다. 할머니는 내내 수염이 신경 쓰이는 모양이다.

"염만 안 길렀으면 일등 총각인디 염 길러가 영 베렸다."

할머니들이 점심상을 차렸다. 생선 부침, 돼지고기 볶음, 된장찌개, 김치와 젓갈, 고추 절임 등 반찬이 걸다. 극구 사양해도 함께 점심을 먹자고 밥을 떠밀어 준다. 통영에서 충무김밥을 먹고 왔던지라 배가 고프지 않지만, 그래도 한술 뜬다. 함께 먹는 밥은 언제나 맛있다. 할머니들은 각자 밥그릇에 밥을 푸지 않고 큰 양푼 하나에 밥을 담아 놓고 함께 먹는다. 같은 밥을 먹는, 그야말로 식구다. 고추 장아찌가 새콤해서 자꾸만 손이 간다. 식초와 젓국을 넣고 담은 거라 감칠맛이 있다.

"고추가 무척 맛있네요."

김영이 할머니가 바로 받아친다.

"꼬추가 언제나 맛나고 개운커든."

옆에 있는 할머니는 농을 치는 김 할머니가 살짝 못마땅하다.

"꼬추니 붕알이니 엔간히 씨부리라."

할머니들 농담이 걸쭉하다.

통영시 용남면 지도리. 지도紙島는 이름은 '종이섬'이지만, 종이와는 무관하다. 종이섬이란 이름은 와전되었다. 지도는 원래 종해도終海島였다. 고성에 속한 섬들 가운데 가장 동쪽에 있어 종해도라 했다. 그 뒤 종이섬, 종섬 등 한글 이름으로 불리다 다시 한자로 표기하는 과정에서 '지도'가 됐다. 대체로 한자 표기만으로 지명 유래를 찾다 보면 종종 엉뚱한 결과가 나오는 것은 그 때문이다. 지도에서는 굴과 미더덕, 오만디 따위를 키우는 사람들이 많다. 오만디는 뭘까?

"그기 미더덕 아재비라. 맛있어요."

우리가 흔히 식당에서 먹는 해물찜이나 해물된장에 들어가 토독

씹히는 미더덕이라는 것은 실상 미더덕이 아니다. 오만디, 오만둥이다. 진짜 미더덕은 값이 비싸니 미더덕 사촌을 미더덕이라고 쓰는 것이다.

동리, 서리, 거망까지 자연부락이 세 곳 있는데 거망마을이 가장 작다. 이십여 가구 대부분이 노인들이다. 그마저도 할아버지들은 다들 일찍 가고 할머니들만 남았다.

"여 있는 사람은 할아버지 한 개도 없다. 전수(전부) 홀어멈이다."

김영이 할머니가 노인당 분위기를 이끈다. 머리에는 옥비녀를 했다. 촌에 가도 지금껏 비녀를 꽂고 사는 할머니는 드물다. 할머니는 고성군 동해면 감서리(1973년 거류면에 편입) 하감마을이 고향이다. 스무 살에 지도로 시집와서 오십오 년을 살았다. 옆에 있는 할머니가 한 말씀 거든다.

"그때는 스므 살이마 노처녀지. 다들 열다섯여섯에 시집갔으이. 내는 열아홉에 오니까 환갑 먹은 처녀 왔다고 난리더구마. 어찌 그 시절에 스므 살 묵도록 있었노."

"바람은 불어 싸코 이내 집은 어찌 가노"

할머니는 젊어서는 고향에도 더러 다니기도 했지만, 나이 들어서는 통 가 본 적이 없다.

"부친 모친 가시고 나니 갈 일이 있나."

이제는 할머니가 스스로 고향이 되었다. 타향 사는 자식들의 고향. 자기 고향은 잊어버리고 자식들의 고향이 된 어머니. 세상 모든 어머니는 누구나 자식들의 고향이다.

할머니 남편은 서른일곱 젊은 나이에 이승을 하직했다. 남겨진 아내는 서른셋 청상이었다. 한국전쟁 직후, 남편은 군대에 갔다가 구타를 당해 늑막염을 앓았다. 환자를 군에 둘 수 없어서 식구들이 제대할 수 있도록 힘을 썼다. 보상은커녕 오히려 당시 돈 '6백 원'이란 큰돈을 뇌물로 주고서야 빼올 수 있었다. 집에 돌아온 남편은 끝내 병을 이기지 못하고 십여 년 동안이나 앓았다. 남편은 아무 일도 못하고 집에서만 지내다 결국 이승을 버렸다.

청상은 "아들 두 개 딸 다섯 개 키운다고 쎄가 다 빠져 뿌리고" 어느새 백발노인이 됐다. 농토도 없고 여자 혼자 몸으로는 뱃일도 할 수 없어서 내내 "넘의 집 일만 해 주고" 살았다. "밭도 매 주고, 오줌도 져 주고" 곡식을 얻어다 먹고살았다. 밤새워 베틀을 밟아 가며 베도 짜고 그것으로 자식들을 키웠다. 할머니는 이내 그 시절 부르던 베틀 노래 한 자락을 뽑는다.

세상살이 막심하여 옥난간에다가 베틀을 치렸더니

베틀다리 사 형제는 동서남북 갈라놓고

잉엣대는 삼 형제라 양쪽 어깨 총을 메고 섰는구나

그 시절 시름을 잊기 위해 불렀던 서글픈 노래가 이제는 경쾌한 가락이 되었다. 세월을 이겨 내고 얻은 소리다.

세월아 네월아 오고 가지를 말아라.
아까운 청춘들 다 늙어 간다

할머니는 그저 툭툭 내뱉는 말씀에도 가락이 실린다. 흥을 내는 것이 아니라 할머니 자체가 흥 덩어리다. 노래를 잘해서 "노래자랑 나가 대상도 타고" 그랬던 솜씨다.

갈맹이(갈매기)는 어디로 가고
물드는 줄 모르는가
사공은 어딜 가고
배 뜨는 줄 모르는가
우리 님은 어딜 가고
날 찾을 줄 모르는가
술러덩 술러덩 배 띄워라

먼저 간 남편을 그리는 할머니 눈자위가 붉다.

혼자 몸이 되고서

날이 날마다 앉아 울고
너는 너는 어디 가고
나 혼자서 고생하느냐

할머니 사설에 또 가락이 실린다. 그렇게 한 세월 시름을 달래 왔던
터다. 김영이 할머니만이 아니라 회관에 나와 있는 할머니들은 모두
남편을 먼저 보냈다. 그런데 할머니들에게는 그것이 천만다행이다.

"할아버지는 먼저 가야 해. 우리 앞에 보내고 지가 있으면 을매나
고생했겠노."

세월의 힘인가. 원망은 사라지고 애틋함만 남았다. 어느새 날이 저
문다. 종일 회관에 모여 놀다가도 노인들은 밤이면 모두 자기 집으로
돌아간다. 짧은 거리지만, 이 맹렬한 추위에 늙은 몸으로 문밖을 나서
는 것이 걱정이다. 여든다섯 할머니가 혼잣말처럼 중얼거린다. 이 또
한 가락이다.

"바람은 꽁꽁 불어 싸코 이내 집은 어찌 가노."

거망마을 마을회관 지붕 위로 슬며시 어둠이 내려와 깃든다.

삶이란
나눌수록 풍요로워지는 것

경남 사천시 삼천포항. 사천에는 섬이 많지 않지만, 섬마다 여객선이 드나드는 부두는 제각각이다. 마도로 가는 배는 삼천포 수협 공판장 부두에 정박해 있다. 출항을 기다리는 작은 여객선. 나그네는 뒤쪽 선실로 들어선다. 선실에는 할머니들만 다섯 분. 의자에 앉으려 하자 할머니 한 분이 말린다.

"앞으로 가야 하는데예. 여긴 여자들 칸이라예."

앗! 그렇구나. 하지만 나그네는 할머니 말씀을 못 들은 척 그냥 의자에 털썩 주저앉아 버린다.

"저는 그냥 여기 있을랍니다."

할머니들이 일제히 나그네에게 눈총을 날린다.

"난 여 앉아 있을라요. 할매들 야기 좀 들구로."

그제야 할머니들 표정이 조금 풀어진다. 원래 선실이 남녀 칸으로 구분된 것이 아니다. 주민들이 관행적으로 칸을 나눈 것이다. 앞쪽의 작은 선실은 남자 칸이고 뒤쪽의 조금 넓은 선실은 여자 칸. 선실이 좁다 보니 남녀 간에 뒤섞여 앉는 것이 불편했던 모양이다. 묻지도 않았는데 옆자리에 있는 할머니 한 분이 먼저 말씀을 꺼낸다.

"마도에는 아무것도 없어예. 젤 가난한 섬입니더. 돈벌이가 없으니까. 젤로 가난한 섬이라예. 민박도 가계도 없어예."

마도에는 서른 가구 남짓 살지만, 그나마도 대부분 할머니 혼자 사는 집들이다. 섬의 집 절반 이상이 빈집이다.

"애 울음소리 못 듣고 살아예."

가장 젊은 축이 오륙십대. 그들 몇몇이 어선으로 물고기를 잡을 뿐, 대다수 노인은 해 먹고 살 것이 없다. 섬에는 경운기 다닐 길도 없어서 많은 밭을 묵히고 있다. 할머니가 섬이 가난하다고만 하니 옆에 있는 할머니 한 분이 핀잔을 준다.

"마도를 똥막대기 만든다."

배 시간이 가까워져 오자 할머니들 몇 분이 더 타고 선실은 빈자리 없이 꽉 찬다. 그래 봐야 열 명 남짓. 마도뿐만 아니라 신도, 저도 사는 분들도 있다. 신도나 저도는 마도보다 더 작은 섬이다. 열일곱 여덟 가구씩 산다. 마도는 옛날에 전어잡이 어장으로 유명했다. 지금은 전어도 예전만큼 잡히지 않고 큰돈이 되지 않는다. 나그네는 질문하지 않고 그저 조용히 듣고만 앉았다. 할머니들 사이에 정담이 오간다.

"어제는 고메 놓고, 뻔디 따고, 깨 모종도 하고 일 마이 했다."

고메는 고구마, 뻔디는 유월콩이라고도 하는 강낭콩이다.

"뻔디 두 가매 따 갖고 폴고."

할머니는 어제 딴 강낭콩 두 가마니를 삼천포 장에 내다 팔고 오는 길이다. 10킬로그램에 일만오천 원, 두 가마라 해 봐야 겨우 삼만 원이다. 씨 뿌리고, 키우고 결실을 얻어다 파는 값이 이토록 헐하다. 농사가 얼마나 천대받는 시대인가.

"올해는 뻔디가 잘 안 됐다. 한 낭구(나무) 한 개도 열고, 어찌 꿩이 와서 주어 묵어 분지."

할머니는 그 강낭콩을 팔아 생활비 몇 푼 마련하고 나머지는 알맹이를 까서 아들에게 보냈다.

"그래도 까지는 많이 열렸다. 주렁주렁 내리 싸코. 말도 못 하게 열어. 스무 나물 해 노니 메늘네도 주고 이우제도(이웃과도) 갈라 묵고."

그래도 가지는 주렁주렁 잘도 열었다. 가지라는 작물이 본디 생산성이 높다. 그래서 "가지나무 한 포기면 여름내 임 반찬 다 한다"는 식담도 생겼다. 할머니가 그렇게 잘 열리는 가지를 스무 포기나 심은 것은 당신만을 위한 것이 아니다. 자식들 집에도 주고 이웃과도 나눠 먹기 위한 거다.

"어쩨 내 오이나무는 죽어 불지? 잎이 노래지면서."

"비가 많이 와서 그래."

한 할머니는 오이가 잘 됐다.

"많이 숭거 갖고, 여나무 나무(십여 그루) 숭거 갖고 주정주렁 해 갖고. 똥거름 깔고 그랬더니 첨엔 노란 것이 움쑥움쑥 올라오더라. 근디 태풍에도 한 개도 안 넘어갔더라."

할머니는 밭에 심은 오이나무에 똥을 삭혀 거름으로 줬다. 그랬더니 튼튼하게 잘 자라 태풍에도 끄떡없었다. 역시 밭 작물에는 똥거름이 영양 만점이다!

"태풍 또 온다더라. 두 개는 더 올 끼다."

"또 오면 할 수 있나. 오면 오는 대로. 갖고 가면 가는 대로 그렇게 사는 기지. 고추 한 해 못 해 묵으면 내년에 하면 되지."

태풍이 오면 오는 대로 순응하며 살고, 없으면 없는 대로 그렇게 평생을 가난하게 살아왔다. 그 가난하고 신산한 섬살이 속에서도 할머니들은 가지 하나, 오이 하나도 늘 나누며 살았다. 그래서 가난한 섬이지만, 사는데 부족함이 없었다. 나눔에 대해 이야기하면 사람들은 대개 부자가 돼야 나눌 수 있다고 말한다. 오늘 마도 할머니들은 다르게 말씀한다. 아니다! 삶이란 나눌수록 풍요로워지는 거다!

아들놈들은
꼭 돈을 넘어다봐

"애 하나 오면 뜯어 묵을라고 해요, 이뻐 갖고"

오늘도 녹동 활어 위판장은 활력이 넘친다. 어린아이만큼이나 큰
농어와 도미, 장어를 비롯한 수산물들이 위판되고 관광객들은 값싸고
싱싱한 회를 마음껏 사 먹으며 즐거워한다. 득량도 행 여객선은 고흥
군 도양읍 녹동 쌍충사 아래 부두에서 출항한다. 고흥군 득량도는 득
량만에 있는 섬이다. 보성군과 고흥군 사이의 바다가 득량만이란 이
름을 얻은 것은 득량도 때문이다. 여객선은 겨우 하루 두 번 오고 가
지만, 그마저 여객은 드물다. 작은 선실에 오늘 여객은 셋. 장흥에 사
는 할머니 한 분은 득량도에 시제를 모시러 가는 길이다. 가까운 거리
지만, 대중교통으로 움직이려니 시간이 많이 걸린다.

"버스를 세 번이나 갈아타고 왔어. 서울서 오는 거보다 더 멀어."

득량도에 살던 할머니의 식구는 모두 보성으로 이주해 살지만, 같은 씨족 사람들은 대부분 섬에 남았다. 노인들만 남은 한적한 섬, 시제를 지낼 때면 각지에 흩어져 살던 씨족들이 찾아와 모처럼 떠들썩해진다.

"노인네들 죽어 빼면 무인도 돼 부러. 움살이가 없어. 젊은 사람들이 살아야 새끼도 낳고 학교도 다니제. 움살이가 없어."

젊은 사람들이 살지 않는 섬, 할머니는 자신도 섬을 떠나 살지만, 노인들이 모두 세상을 떠나고 나면 섬이 무인도가 돼 버릴 것이 걱정이다. 예전에 '고대구리 배' (저인망선)로 고기 잡을 때에는 젊은 사람이 많이 살았지만, 치어까지 잡아들이는 저인망 어업이 금지되면서 젊은 이들은 모두 섬을 떠났다. 그래서 지금 섬에는 아이들이 없다.

"애 하나 오면 뜯어 묵을라고 해요. 이뻐 갖고."

더는 아이가 태어나지 않는 섬, 어쩌다 아이 하나라도 찾아오면 노인들은 예뻐서 어쩔 줄 모른다.

섬에는 아직도 할머니의 땅이 많다. 죽을 고생 해서 마련한 땅이 이제는 묵정밭이 되었다.

"영감이랑 빼 빠지게 죽고 살고 장만했제."

일흔일곱, 할머니는 농사도 짓지 않고 놀리는 땅을 팔아 어려운 살림에 보태고 싶지만, 아들이 말리는 바람에 팔지 못하고 있다. 아들은 땅값이 너무 싸다고 더 오르기를 기다리자고 한다. 그래도 딸은 땅을 팔아 부모님 쓰라고 하는데, 힘들게 대학까지 가르친 아들은 제 잇속부터 챙기니 그게 못내 서운하다.

"머이마(남자)들은 꼭 돈을 넘어다본단 말이야. 가이나(여자)들은 십 원짜리 하나 달라고 안 하는디."

"놀러 와 줘서 고맙소"

득량도 관청마을, 옛적에 섬이 완도군 소속일 때 출장소 같은 관청이 있었던 마을이라 얻은 이름이다. 나그네는 시제 준비를 하는 할머니의 큰집까지 무작정 따라왔다. 내일 시제에 쓸 음식을 마련하느라온 집안사람들이 모였다. 정씨, 김씨를 비롯한 득량도 다섯 성씨가 모두 같은 날 시제를 모신다. 예전에는 씨족마다 시제 드리는 날이 달랐는데, 요즈음은 같은 날로 통일됐다. 외지에 나가 사는 사람들 다녀가기 쉽게 일요일로 맞추다 보니 그렇게 됐다. 서울 사는 씨족들은 관광버스를 전세 내서 온다. 제물을 준비하던 할머니들이 낯선 나그네를 반긴다.

"어디서 오셨소?"

"서울서 왔습니다."

"놀러 와 줘서 고맙소. 뭐 구경할 거 있다고. 사람도 살도 안 해요."

사람이 귀한 마을에 나그네가 찾아 준 것이 반가운 걸까. 괜한 공치사까지 하며 선뜻 밥까지 한 상 차려 낸다. 이름난 관광지나 돈을 잘 버는 섬에 가면 가난한 나그네는 처량하다. 밥을 사 먹을 수 없는 때도 잦다. 비싼 회나 매운탕이 아니면 일인분 식사는 잘 해 주지도 않는다. 그런 관광지에서는 사람을 사람이 아니라 돈으로 여기기 때문이다. 하지만 가난한 섬일수록 나그네는 귀한 대접을 받는다. 밥 한 그릇의 환대에 나그네는 마음까지 따뜻해진다.

호미 수집광 할머니

득량도에는 두 마을이 있다. 관청마을 고갯길을 넘으면 선창마을이다. 마을보다 배가 드나드는 선창이 먼저 생겼던 탓에 얻은 이름이 그러하다. 선창마을에는 열여섯 가구가 살지만, 네 가구는 서울에 삶터를 두고 오가는 고향 사람들이다. 관청마을보다 작지만, 선창마을은 숲이 좋다.

"당나무 밑이 시원해서 여름에는 점심 먹으러 오기도 싫어요."

그래서 여름에는 무더위를 피해 이 마을로 오는 사람들이 많다. 고향을 떠나 사는 자식이나 외지인까지 찾아들어 여름 동안에는 "몸살이 날 정도다." 할머니는 동부콩이랑 팥을 까서 말리고 있다. 아직도 군불을 때는 행랑채 부엌에는 호미가 잔뜩 걸려 있다. 하나하나 세어 보니 모두 스물두 개나 된다. 올해만도 네 개를 더 샀다. 할머니는 호미 수집광. 저 호미들로 밭도 매고 갯벌에 나가 개불이나 바지락도 판다. 오랜 세월 사용하여 닳을 대로 닳아 버린 호미들까지 버리지 않고 모았다. 할머니의 고단한 노동 역사가 호미 박물관으로 남았다.

마당에는 밀감나무 몇 그루가 아직 열매를 달고 있다. 이미 몇 상자는 따서 자식들한테 보냈다. 할머니가 따 주는 밀감이 새콤하면서도 달다. 하우스 밀감보다 그 맛이 깊고 진하다. 그런데 밀감에 굵은 씨가 있다. 제주 밀감에는 좀체 씨가 없는데, 고흥이나 완도 지방에서 나는 밀감에는 간혹 씨앗이 들어 있다. 왜 그럴까? 전부터 궁금했는데, 오늘 할머니가 그 답을 준다.

"유자나무 가까이 있는 귤나무는 씨가 생겨요. 수정할 때 벌들이 귤이랑 유자나무를 왔다 갔다 하다가 그런 거 같아요."

물론 추측이지만, 꽤 그럴싸한 이론이다. 유자랑 귤은 쥐손이풀목 운향과의 과수, 사촌 사이니까.

선창마을에는 어선이 다섯 척 정박해 있다. 어선들은 낙지나 새우, 장어 따위를 잡는다.

"여기 득량 고기가 알아줘요."

할머니도 젊을 때부터 배 타고 고기잡이를 다녔다. 고대구리 배를 했다. 고대구리가 불법어업으로 금지되면서, 일곱 해 전에 뱃일은 접었다. 설 쇠고 삼월까지는 개불을 파서 돈벌이를 한다. 갯벌에서는 또 꼬막이나 키조개, 피꼬막 따위를 판다. 예전에는 새조개도 많았지만, 지금은 사라지고 없다. 말소리 때문이었을까. 낮잠을 자던 할아버지가 문을 열고 나온다. 일흔다섯 할아버지는 이 마을 이장이다. 오랜 세월 두 분이 함께 뱃일을 했다.

"고흥만, 호산께 그런 데서 멸치랑 장어랑 겁나게 잡았는데. 고흥만 막고 나서 고기가 귀해요. 푹 들어간 홀, 거길 막아버린께."

"옛날엔 '돈섬'이었는디"

득량만에 고기가 끊긴 까닭은 고흥만 간척사업 때문이다. 정부는 1991년부터 1998년까지 고흥군 도덕면과 두원면 사이 바닷길 2,875미터를 방조제로 막아 버렸다. 그 때문에 갯벌 31제곱킬로미터가 사라졌다. 그전에는 물고기들이 득량만을 지나 고흥만 갯벌에서 산란했고, 그 덕에 고흥만이나 득량만 바다에는 물고기가 바글거렸다. 하지만 간척사업으로 갯벌이 사라지자 물고기들은 산란장을 잃었다. 자연히 물고기들이 더는 이 바다를 찾지 않는다.

"금바다였는디. 옛날에는 한 배썩 잡았어요. 그걸 농토로 만들어 버렸으니. 지금은 어디 농사가 시세가 있나. 물이 유통이 안 되니 바다도 죽어 버리고."

고흥만 간척으로 물고기 산란장만 사라진 것이 아니다. 방조제에 막혀 해수 유통이 원활하지 않으니 득량만 갯벌까지도 썩어 가고 있다. 갯벌을 막아 바다를 죽이고 수많은 사람의 생계를 끊어 놓고도 정부는 책임지지 않는다. 여기뿐이랴, 새만금이 그렇고 전국 수많은 간척지가 그렇다. 보상도 간척지 주변 주민만 조금 받았을 뿐이다.

"호산께 사람들만 쪼깐 보상 받았제. 우린 보상도 못 받고. 이런 데 사람들만 죽었제. 섬, 바다를 보고 산디. 옛날에는 여가 돈섬이었는디, 돈섬!"

이 마을에도 돌담 대신 담장들은 대부분 블록 벽돌담이다. 사십여 년 전, 새마을운동을 시작할 때 돌담을 헐어 버리고 쌓은 것이다. 돌담은 수백 년 세월에도 변함없이 튼튼한데 저 벽돌은 벌써 썩어서 시커멓다. 오래된 섬의 전통을 없애 버리고 시멘트로 획일화시켜 버린 새마을운동이란 것이 얼마나 허약하고도 날림이었는지 오늘 새삼 확인한다.

정의란
정情이다

"감나무에 감이라도 있으면 자시라 할 텐데"

거금도는 전남 고흥의 섬이다. 녹동항에서 배가 수시로 오간다. 하지만 이 섬도 머잖아 뭍으로 편입될 예정이다. 이미 소록도와 녹동 간에 연륙교가 생겼고, 거금도는 소록도와 연결을 눈앞에 두고 있다.

거금도 청석 부근, 백발성성한 할머니 한 분이 작은 곡괭이로 땅을 파고 있다. '시오'라는 약초를 캐는 중이다. 나그네는 시오가 어떤 약초인지 정확히 알 수 없다. 약초에 문외한이기도 한 데에다 지방마다 부르는 이름도 다르기 때문이다. 할머니가 약초 뿌리를 캐다 말려 놓고 전화하면, 수집상이 찾아와 사 간다.

"혼자 오셨소?"

"예, 혼자 왔어요. 할머니."

"어디서 오셨소?"

"서울서 왔습니다."

"서울서 혼자 오셨구만이라우. 버스 타고 오셨구만이라우. 동무랑 같이 오지 그랬소. 우리 머시마 새끼도 서울 사는디 사람들 데리고 등산하러 온답디다. 감나무에 감이라도 있으면 자시라 할 텐데 떨어지고 없소."

할머니는 안타까운 듯 밭 가장자리 감나무를 올려다보면서도 곡괭이질을 멈추지 않는다. 거금도는 산이 좋아 등산객들이 많이 찾는다. 서울 사는 할머니 아들도 친구들을 데리고 등산하러 자주 온다.

오랫동안 가물었다. 땅이 말라 땅파기가 쉽지 않다. 약초 뿌리 하나 캐려면 곡괭이질을 몇 번씩이나 해야 한다.

"어치케 비가 안 오고 깡깡한지."

할머니는 건너 섬 시산도가 고향이다.

"내 안투 고향은 시산이요. 거이가 친정 부락이요. 안 올 디를 와 갖고 험한 시상 다 넘기고, 서른시 살 막둥이도 죽어 빌고, 팔십서이나 됐는디."

"속상하시겠어요. 할머니."

"시월(세월) 보내고 살지 어차겠소."

여든셋 늙은 어미가 약초 캐서 자식들 돕고

몇 해 전, 늦둥이 작은아들은 사고로 죽고, 큰아들은 쉰이 넘었는데도 여전히 어렵게 살아간다.

"답답하요. 큰놈은 장사하지 말라 해도 장사해 갖고 밑천도 없이 장사한다고 해 갖고 손해만 보고."

여든셋 어미는 여전히 큰아들을 돕는다.

"돈 주는 가이나가 불쌍해 죽겠다고 하요."

그 사정을 잘 아는 면사무소 여직원이 생활보조금을 드리면서 할머니가 불쌍해 탄식한다는 말씀이다.

큰아들은 외지로 떠돌았지만, 작은아들은 고향에서 가정을 꾸려 성실하게 살았다. 그런데 느닷없는 사고를 당해 세상을 떴다.

"막둥이는 마흔네 살에 낳는디, 손주 모양 낳는디, 사람 노릇 할까 했는디 가 버렸소."

막내아들은 못 배웠지만, 대학까지 나온 여자를 만나 결혼해서 아이 낳고 행복하게 살았다. 굴삭기 운전을 했으니 돈벌이도 괜찮았다. 하지만 몇 해 전 어느 날, 굴삭기 작업을 나갔다가 점심 먹고 쉬던 중, 흙덩이가 무너지는 바람에 깔려 죽었다. 흙을 파 보니 피우던 담배가 그대로 손에 꽂혀 있었다. 숨 막혀 죽은 작은아들을 생각하면 할머니는 억장이 무너진다.

작은며느리 혼자 어린 손자를 키우고 있으니 그 또한 못 본 체할 수 없다. 할머니는 다 쓰러져 가는 오두막에 살면서 어렵게 돈을 모았다. 생활보호 대상자라서 지원받는 이십여 만원과 노령연금을 한 푼도 쓰지 않았다. 거기에 약초를 캐서 판 돈을 합하니 지난 설 때는 이백만원이 모였다. 작은 며느리한테 백만 원, 큰아들한테 백만 원을 나눠줬다. 추석 때는 얼마 모으지 못했다. 작은며느리랑 큰아들한테 오십만 원씩밖에 못 준 것이 못내 짠하고 아쉽다.

할머니 전 재산이라 해 봐야 다 쓰러져 가는 오두막과 이 조막만한 밭뙈기가 전부다. 사람을 사서 밭을 갈아야 하는데, 돈 들어가는 것이 겁나서 쟁기질도 못 한다. 할머니 혼자 괭이로 "깡깡한" 땅을 파서 "마늘도 심기고 호박이랑 고추도 조금씩 심겨 먹고" 근근이 입에 풀칠이나 하며 산다.

"남자 나무랄 것도 없지라우. 원망할 필요 없지라우"

시집온 뒤부터, 영감은 내내 속만 썩이다 환갑에 죽었다.
"쌀 갖고 다니면서 술이나 묵고. 밭곡식 갖고 다님서 술 묵고. 일찍이 잘 갔지."
딸은 셋. 딸 하나는 의문의 사고로 죽었지만, 범인은 잡히지 않았

다. 딸 둘은 "못 갈쳐서" 어렵게들 살아간다.

"오래 사는 게 큰일이오. 그게 고생이지라우. 막둥이 그것만 안 죽었어도 숨 쉬고 묵을 것 묵고 살 텐디. 남자 잘못 만나고 고생을 타고나서 얼릉 안 죽는다게. 남자 복 못 보게 자식 복도 못 보제. 남자 나무랄 것도 없지라우. 원망할 필요 없지라우. 내가 안 올 디 와 갖고 그런 거제."

할머니는 자신의 불행이 남 탓이 아니라 자기 탓이라 여긴다.

할머니는 잠시 곡괭이질을 멈추더니, 방울토마토 몇 개를 따서 나그네한테 건네준다.

"이거라도 자시오."

갈라터지고 살점 하나 없이 앙상한 손. 그토록 신산한 삶을 사셨고 지금도 고역을 벗어나지 못하고 살면서도 마음은 한없이 따뜻하다. 할머니 흙 묻은 손으로 따 주신 방울토마토를 베어 먹으니 눈물이 왈칵 쏟아진다. 나그네는 할머니 삶의 내력을 듣는 것만으로도 고통스러운데, 할머니는 먼 데서 찾아온 나그네에게 뭐라도 먹을 것을 더 주지 못하는 게 미안하기만 하다. 대체 사람의 정이란 무엇일까. 가진 것 없어도 나누려는 마음. 정이야말로 진정 정의가 아닐까.

거금도 앞바다에 저녁이 깃들기 시작한다. 마침 웬 사내 하나 일을 마치고 집으로 돌아가는 길이다. 사내는 저 혼자 구성진 노래를 부르

며 길을 걷는다. 할머니가 이름을 불러도 듣지 못하고 그저 제 흥에
겨워 가락을 탄다.

"자가 맨날 저리 노래하고 다녀. 불러도 못 듣고."

사내는 청각장애인. 노을 지는 바닷가, 제 노래 소리도 들을 수 없
는 사내의 설움이 거금도 하늘을 붉게 붉게 물들여 간다.

자식만 많이 낳으면 뭐해
사람 못 만들면 소용없지

해녀는 있는데, 왜 해남은 없을까?

혼백상자 등에다 지고

가슴 앞에 두렁박 차고

한 손에 비창 쥐고

한 손에 낫을 쥐고

한 길 두 길 깊은 물속

허위적 허위적 들어간다

혼백 상자를 등에 지고 사는 이들. 이승에 집을 두고 저승에 직장
두고 사는 이들. 해녀들은 날마다 생사의 바다를 넘나든다. 그래서 해

녀들의 물질하는 풍경은 낭만적이지만, 해녀들의 삶은 결코 낭만적일
수 없다. "호잇!" 오늘도 제주 중문 바다는 물질하는 해녀들의 숨비소
리에 숨이 가쁘다.

바다에서 해산물 채취하는 일을 직업으로 가진 여자를 해녀라 한
다. 그런데 해녀는 있는데, 왜 해남은 없을까. 제주를 여행해 본 사람
이면 한 번쯤 품어 봤음직한 의문이다.

해녀는 일본식 표현이고, 원래는 '잠수' 또는 '잠녀' 라 했다. 본디
잠수는 남녀 구분이 없었다. '해남' 도 있었다. 전복을 따서 공물로 바
치는 남자 잠수를 '포작' 이라 했다.

제주 사람들은 대체로 어부나 잠수로 생을 이어 갔다. 잠수에 대한
관의 수탈은 극심했다. 조선 세종 때의 제주 안무사 기건은 "추운 겨
울 벌거벗고 전복을 캐다 바치기 위해 물질하는 잠녀들을 본 뒤, 평생
전복과 소라를 먹지 않았다." 김정의 「제주 풍토록」에도 "잠녀들은 탐
관을 만나면 거지가 되어 돌아다닌다" 했다.

16세기 후반에는 공납과 부역, 가혹한 세금 등쌀에 수많은 제주 남
자가 육지로 탈출했다. 그에 대응해 조선왕조는 2백 년 동안이나 출
륙금지령을 내려 제주 사람 전체를 유배 죄인으로 만들어 버렸다. 뭍
으로 탈출하고, 바다에서 죽고, 남자들 수가 급격히 줄었다.

그때부터 잠수 일은 여자가 도맡아 했다. 제주가 여다女多의 섬이
된 이면에는 그토록 아픈 수탈의 역사가 있었다. 삼다도는 낭만의 삼

다도가 아니라 고통의 삼다도였다. 생사 경계를 넘나드는 까닭에 지금도 잠녀 사회는 위계가 엄하고 최고 지도자인 상군은 절대적인 권위를 가진다.

구순 잠녀가 물질하는 제주 바다

구순을 바라보는 상군 잠녀가 20킬로그램 가까운 등짐을 지고 중문해수욕장을 가로질러 온다. 중문 바닷속에서 물질한 해산물. 제 한 몸 건사하기도 쉽지 않은 나이지만, 늙은 잠녀는 짐을 지고도 당당하다. 중문 바닷속에서 물질해 잡아 올린 소라와 성게, 문어 등의 해산물. 늙은 잠녀는 오전 내내 물질해 온 해산물을 오후에는 관광객 상대로 팔기까지 하면서도 거뜬하다.

고인호(87세) 할머니는 서귀포시 색달리의 상군 잠녀, 곧, 잠녀 대장이다. 아마 현역으로는 세계 최고령 잠녀이지 싶다.

중문해수욕장 입구 '색달 해녀의 집' 앞에는 잠녀들이 직접 잡아 온 해산물을 파는 좌판이 있다. 상군 잠녀가 손수 물질해 잡아 온 성게 알을 까서 준다. 젊은 것은 미안함에 목이 메지만, 달콤한 성게 알은 염치없게도 잘만 넘어간다. 이곳에서는 잠녀들이 개인 좌판을 펴고 물질해 온 해산물을 판다. 중문 바다에서 나지 않는 멍게는 외부 유입을 허락하지만, 소라, 전복, 성게, 해삼 등은 본인이 물질한 것만

팔 수 있다. 다른 데서 사다 팔면 그날로 퇴출이다.

고인호 할머니는 식구가 모두 바다에서 산다. 두 딸과 며느리까지 잠녀다. 큰딸은 이 마을 어촌계장이다. 색달리에는 포구가 없으니, 어부나 어선이 없다. 제주에서 남자 어촌계원이 없는 유일한 마을이다.

원래 제주 잠녀들은 기가 세기로 유명하다. 웬만한 남자들에게도 지지 않는다. 거친 파도와 싸우며 단련됐으니 오죽할까. 남자한테 의존하지 않고 식구들 생계를 책임질 수 있는 경제력이 그들을 더욱 당당하게 만들었을 것이다.

제주 잠녀 가운데서도 세화리나 우도 잠녀들은 특히 기세가 대단했다. 일제강점기에 일어난 잠녀항쟁을 이끈 이들이 바로 우도와 세화리 잠녀들이다. 색달리 잠녀들의 기세가 높아진 것은 중문관광단지가 생기면서부터라 한다. 해산물 좌판을 벌이고 온갖 부류 사람들을 상대하다 보니 잠녀들은 드세질 수밖에 없었다.

고 할머니는 물 밖에서도 상군 역할을 톡톡히 한다. 무심하게 앉아 있는 듯해도 잠녀들 좌판에 손님이 들고나는 상황을 훤히 꿰고 있다. 할머니 당신 좌판을 찾아온 관광객 몇 사람을 옆 잠녀 좌판으로 가라고 떠민다. 그 잠녀는 귀가 어두워 손님을 놓치는 경우가 많다. 오늘도 그 좌판에는 손님이 하나도 없다. 잠녀들은 수압 때문에 고막이 상해 청각장애인이 되는 경우가 많다. 그래서 "잠녀는 귀막새가 반이다"라는 속담도 있다.

잠녀의 삶은 참으로 모질다. 물질하다가 애를 낳는 경우도 흔했다. 서툰 잠녀는 해산물을 따다 죽는 일도 많았다. 해삼 같은 해물은 느리게 움직이니 초보라도 잡기가 쉽다. 하지만 전복은 귀한 만큼 따기도 어렵다. 해산물 채취에 쓰는 칼을 비창이라고 한다. 잠녀들은 늘 비창을 손목에 걸고 다닌다. 경험이 부족한 잠녀는 전복이 비창을 물고 바위에 딱 붙어버려 물 밖으로 나오지 못해 죽는 일도 있다. 저 고무 대야 속 작은 전복 하나에도 잠녀들 목숨 값이 들어 있다.

잠녀는 또 "겨울이면 불채 서 말은 먹는다"는 소리가 있다. 추운 바다에서 물질하고 나와 몸을 녹이는 장소인 '불턱'에서 날리는 재를 많이 먹는다는 뜻이다. 제주는 신들의 왕국이니 잠녀들도 정월이면 심방(제주 무당)을 초청해 각자 믿는 신들에게 치성을 드린다. 바다의 신 용왕님한테는 밥 세 그릇, 바람신 영등할망한테는 밥 한 그릇을 바친다. "일 년 열두 달 잘되게 해달라고" 기원하고 또 기원한다.

"남자는 필요 없었어. 이녁 눈에도 들지 않고"

고인호 할머니는 중문에서 태어나 열다섯 살에 잠녀가 됐으니, 벌써 일흔두 해째 현역 잠녀다. 젊은 시절에는 전라도 지방은 물론이거니와 통영 비진도나 경주 감포까지 물질을 다녔지만, 중간상인한테 떼이는 게 많아 이익은 적었다. 제주에서는 늘 중문바다에서만 물질을 해 왔다. 피부도 매끈하고 모색이 곱다.

"미인이셨겠어요?"

나그네 너스레에 할머니는 손사래를 치면서도 한마디 덧붙인다.

"나 젊었을 때는 고왔지. 키도 크고."

"인기가 좋으셨겠는데요."

"남자는 필요 없었어. 이녁(내) 눈에도 들지 않고."

눈이 높아 웬만한 남자는 눈에도 들어오지 않았단다.

할머니는 열일곱에 결혼해서 딸 하나를 뒀지만, 스물셋에 청상이 됐다. 첫 남편은 한국전쟁 때, 폭사했다. 스물여덟에 재혼해 딸 하나, 아들 하나를 더 낳았다. 그 뒤로는 아이를 낳고 싶은 맘이 없었다.

"자식만 많이 낳아서 뭐해. 사람 못 만들면 소용없지."

하지만 남편은 애를 더 갖고 싶어했다. 아이를 더 안 낳으려고 멀리 하다 보니 정이 없어져 갔다.

"다시 마누라를 정해 갔어."

결국 남편은 딴살림을 차려 나갔다. 그 뒤 할머니는 내내 '홀어멍'(홀어미)으로 살았다.

"혼자가 좋아. 누구 비위 맞출 일 없고. 이녁 자유로 살아."

자녀들이 장성해서 일가를 이룬 뒤도 할머니는 내내 혼자 살았다.

"자식들하고 음식도 맞지 않고 같이 못 살아. 혼자가 편해."

고 할머니처럼 아주 혼자 사는 분들도 있지만, 제주 노인들은 대부분 자녀가 장성해서 결혼하면 같은 집에 살아도 살림은 따로 산다. 한 울타리에 집이 두 채가 있으면 안거리(안채)를 자식한테 내주고 노인들은 밖거리(바깥채)로 물러앉는다. 곁에 살면서도 각자 살림을 하고 간섭하지 않으니 갈등을 겪을 일도 적다. 그러면서도 유사시에는 자식한테서 도움을 받을 수 있다. 제주의 고유한 '안거리 밖거리' 문화다. 얼마나 현명한 풍습인가.

고 할머니는 "집에서는 답답한데 바다에 나오면 시원하다." 힘들면 며칠 쉬었다가 다시 바다에 나온다. 할머니는 병들어 움직이지 못할 때까지는 내내 물질을 할 생각이다. 그러다 마침내 생이 다하면 꿈에도 그리던 이어도로 건너갈 모양이다.

여행가면 남이 해 준 밥 묵고 놀고
그랑께 젤로 좋아요

"감재 심어서 낮에 묵고 저녁에 묵고"

한국 최서남단의 섬 가거도 대리마을 뒷길. 할머니는 그늘에 앉아 말린 톳을 다듬고 있다. 앞길은 상가 건물들로 인해 도회지 풍경과 다르지 않다. 하지만 뒷길에는 오래된 골목과 옛집들이 고스란히 남아 있다. 거기 눌러 사는 사람들 또한 태어나 오래 살아온 노인들이다.

"여서 태어나 갖고 옛날에 나가도 못 하고 주저앉아 사요. 도망갈 맘이 꿀떡 같아도 여서 걸려 논게 나가도 못 하고 이렇게 사요."

가거도는 섬 전체가 가파른 산이다. 마을들은 모두 신안군에서 가장 높은 산인 독실산(해발 639미터) 비탈에 옹색하게 자리 잡았다. 그런

만큼 농토는 귀하다.

"어디 밭이 있어야지. 저렇게 쫄막쫄막한 데다 감재 하나씩 심어서 삶아 묵고 그랬어요. 지금은 좋아졌소."

할머니는 젊어서 남편을 잃었다. 남편은 고기잡이 나갔다가 참변을 당했다.

"애들 아빠는 여기 다 오다가 빠져 죽었어요. 젊은 사람들은 헤엄쳐서 살았는데."

할머니는 어려서부터 잠수질하며 살았지만, 마흔 넘어 그만뒀다. 가거도 방파제 공사가 시작되면서부터 죽 공사장 인부로 살았다. 태풍이 오면 무너지고 또 쌓기를 반복하며 가거도 방파제 공사는 서른 해 만에야 끝났다.

"독 틈에다 감재 심어서 캐 갖고 낮에 묵고 저녁에 묵고. 배고파 못 살았소. 보리가 없응께. 언제 한번 쌀밥 한 그릇 묵어 보까 했는데 인자 쌀밥 묵고 죽겠소."

논이라고는 한 뺨 삿갓배미(삿갓만큼 작은 논)조차 없고 밭도 귀했으니 보리농사도 쉽지 않았다. 소출이 가장 많은 보리농사도 열 가마를 넘지 못했다. 대부분은 고작 두세 가마에 지나지 않았다. 한 가마나 닷 말 농사가 전부인 집들도 흔했다. 그래서 "감재"나 심어 허기진 배를 채웠다. 전라도 섬지방에서는 고구마를 감자 혹은 감재, 감지라 부른다. 우리가 표준말로 쓰는 감자는 북감자라 이른다.

"할마이들은 살기가 힘들어요. 도시모냥 청소부 같은 것도 못 하고. 일거리가 있어야제."

지금도 노인들의 삶은 팍팍하다. 해초 조금 뜯어다 말려 내는 것 말고는 달리 소득이 없다. 어업이나 관광업으로 돈을 버는 것은 일부 젊은 사람들뿐이다. 가거도는 오래전부터 밭에다 곡식 대신에 후박나무를 심었다. 후박나무 껍질을 한약재로 팔아 제법 소득을 올렸다. 하지만 요즈음은 중국산이 들어와 그마저 힘들다. 노인도 후박나무 껍질을 말려 뒀지만, 판로가 없어 걱정이다.

"왜 그란지 모르겄소. 농협에서 싸나 비싸나 폴아 주면 좋은디. 어째 요새는 안 폴아 주요. 말 꽤나 하고 똑똑한 젊은 사람들은 잘도 포는디. 우리 같은 할마니들한테는 안 사 가요. 옛날이 살기는 더 좋았소. 단체심도 있었고. 요샌 젊은 사람들 즈그만 살라고 눈에 삐란 불 쓰제. 이런 할마니는 안 도와주요."

"남의 자식들이 와도 맘이 설레요"

섬이든 뭍이든 농어촌은 젊은 층과 노인 층 사이에 빈부 격차가 가장 큰 문제다. 대체로 노인 층은 빈곤하고 젊은 층은 부유하다. 이즈음은 여름 휴가철이라 고향을 찾아온 사람들이 제법 많다.

"자식들은 보고 싶어도 못 가고. 돈 없으께."

할머니는 여름 휴가철이 돼도 오지 못하는 자녀들이 몹시 그립지만, 쉽게 섬을 벗어날 수가 없다. 어쩌면 살아 있는 동안은 내내 그러할 것이다.

"놈의 자식들이 와도 그냥 맘이 설레요."

올 수 없는 자식들 때문에 마음이 짠한 할머니는 남의 자식도 내 자식처럼 반갑다.

"길을 건너서 왔는데 물 한잔 하란 말도 못 하고 미안하요. 깜빡깜빡 잊고 그라게 할마니제. 젊어서는 놈더러 뭘 묵으란 말도 잘하고 그랬는디 인자는 늘 잊어부러요."

무안군 흑산멘 오돈멘 아니냐
억울타 가거도 뚝 떨어졌다.
가게산 무너져 편질이나 되어라
내야 발로 걸어서 육지 한번 가 보자

사람살이가 고단해 '멸치잡이 노래' 같은 노동요가 유난히 많이 전하는 섬. 할머니는 톳을 손질하며 그 어렵던 시절 부르던 노래를 흥얼거린다. 거거도가 지금은 신안군에 속해 있지만, 예전에는 무안군 소속이었다. 흑산면 가거도 독실산이 무너져 바다를 메우고 평평한 길이 나면 발로 걸어 육지에 한번 가 보자. 배를 타고 목포에 가려면 꼬박 이틀씩 걸리던 시절의 소망이었다.

"서울을 당(아직) 안 가 봤소. 그래도 관광은 예닐곱 번 다녔어라. 어디 어디 갔등가, 글씨를 모릉께 잘 모르겠고. 대전도 가고 제주도 가고, 부곡 온천도 가고."

할머니는 뭍으로 여행 가면 무엇이 좋을까.

"좋은 것은 뭐가 젤로 좋으냐면, 남이 해 준 밥 묵고 놀고 그랑께 젤로 좋습디다. 맨날 천 날 일만 하다가."

할머니한테는 경치 구경보다 평생 처음 남이 해 준 밥을 먹고 일을 쉬고 놀 수 있었던 것이 관광의 가장 큰 즐거움이었다. 이제 할머니 생애에 그런 휴가가 몇 번이나 남은 것일까.

자식들이 같이 살자 해도
여가 좋아요

"다 가 빌고 나만 남았지"

화도는 거제의 섬이다. 작은 섬이지만, 마을이 일곱 곳이나 된다. 그러나 마을들은 모두 몇 가구 되지 않는 자연부락이다. 송포마을에서 진작금으로 넘어가는 길. 도로 가에 할머니 한 분이 땔감으로 쓸 나무를 갈무리하고 있다.

"할머니, 아직도 불 때고 사세요?"

군불을 땔 것은 아니고 밖에 걸린 솥에 쓸 연료용 땔감이다.

"어디서 왔소?"

"서울서 왔습니다."

"서울서? 멀리 왔네요. 시골에, 섬에 뭐 볼 게 있다고."

이 마을도 인기척 없이 고요하다. 노인들의 섬.

"젊은 사람들은 애들 공부시킨다고 나가고, 사업해 갖고 나가고, 노인들만 살아요. 노인들만 할 수 없이 오도 가도 못 해요."

할아버지는 지난해에 돌아가셨다. 통영에 사는 큰아들은 어업을 하기에 자주 찾아온다. 하지만 할머니는 사업 운이 없는 아들이 그저 안타깝다. 멍게나 굴 양식업에 견주어 소득이 높지 않은 때문이다.

"큰아들은 고기잡이하는데 고기가 재미없어요. 멍게 하는 사람들은 팔자 고쳤어요."

자식 덕을 보고 싶어서가 아니다.

"아들이면 뭐하고 딸이면 뭐할 거요. 자식 놔 놓으면 뭐할 긴데."

나이 여든, 할머니는 다리도 쑤시고 허리도 아파 고생이다. 허리 수술을 받았지만, 움직이기가 쉽지 않다.

"몸이 안 아파야 하는데. 젊어서 고생만 해 놓으니 아파. 수술하고 된 일은 못 해요."

할머니는 통영 미륵도가 고향이다.

"친정에는 아무도 없어요. 다 가 빌고 나만 남았지."

옛날에는 어느 섬에서나 남자들은 고기 잡으러 나가고 여자들이 살림을 꾸렸다. 할머니도 혼자서 농사짓고 나무 베서 땔감하고 아이들을 키웠다.

"변소 똥까지 퍼다 거름하고 그랬지."

하지만 고생한 보람도 없이 늙어서 남은 것은 병든 몸뿐이다.

"인자는(이제는) 비도 안 맞고 밥해 묵고 살기 좋아졌는데, 나이 많아지고 돈 없고."

몸이 아프지만, 따뜻하게 잠을 잘 수도 없다. 전기장판 하나로 겨울을 났다.

"기름값이 비싸서 보일러도 못 때고 전기장판이나 때고."

지금보다 더 가난했지만, 군불을 때던 지난날에는 따뜻한 방에서라도 지낼 수 있었다. 하지만 보일러를 놓고 기름을 때면서부터는 병들고 늙은 몸이 따뜻한 잠을 자기도 어렵게 됐다.

"숨 붙어 있으니께 산다 그라제. 노인네 사는 게 사는 게 아니구마."

"귀찮아라, 이 잘난 섬에 뭐 볼 거 있다고 왔노"

고개 하나를 더 넘으니 진작금마을이다. 비탈밭을 일구던 할머니 한 분이 괭이를 들고 내려온다.

"뭐 심으시려고요?"

"감자 숭글라고, 때가 돼서 쪼간 숭글라고."

감자밭을 일구고 온 할머니, 나그네가 어디서 왔는지가 궁금하다. 섬에는 왜 왔는지도.

"귀찮아라. 이 잘난 섬에 뭐 볼 거 있다고 왔노. 암것도 좋은 게 없어. 이런 데 오면 먹을 것도 없고."

"서울보다 좋은데요."

"이런데 사람들은 서울 못 가서 애가 터져 죽는 사람도 있는데. 한 번씩 가면 참 좋데요. 남산공원도 좋고, 육삼빌딩도 좋고. 이런 디 모냥 안 지저분하고 칼칼해서 안 좋습니까."

할머니는 섬보다 서울이 좋다면서도, 서울서 살라 하면 못 살겠다 한다.

"그런데 좋다고 오라 해도 요만 못하데요. 서울, 부산도 통영도 요만 못 해."

서울이나 도시가 좋아 보여도 사는 데는 이 섬보다 좋은 곳이 없다. 어찌 안 그럴까.

"혼자 사는 게 젤 펜해"

"나 혼자 사는 게 젤 펜해. 아들도 귀찮고 딸도 귀찮고. 잘 해주는 것도 귀찮고, 잘 묵는 것도 귀찮고. 잘해 주면 좋아야 할 텐디 왜 그럴까요? 참 신기해요."

그거 참, 신기한 일이다.

"오랜만에 간다고 잘해 주는 것도 싫어. 라면 끓여 묵어도 내가 묵고 싶을 때 묵고. 드눕고 싶을 때 드눕고. 자식이라 해도 절대 가기 싫네요. 거참 신기하죠?"

할머니 고향은 통영시 용남면이다. 어장을 하기 위해 화도로 들어와 마흔 해를 살았다. 할아버지는 십여 년 전에 세상을 떴다.

"영감은 죽을 때 돼서 죽었지. 뭐해. 죽을 때가 되면 가야지. 조금 앞에 가고 조금 뒤에 갈 뿐이지. 다 가게 돼 있는데."

마을 사람들은 모두 바다에 나갔다. 이 섬도 굴과 멍게 양식을 하며 살아간다.

"자식들이 같이 살자 해도 섬 거기 뭐 있다고 가느냐 해도 여가 좋아요. 아파트 안에 갇혀서 아침에 나간 사람 저녁에 올 때까지 기다리자면 애가 터져 죽어."

할머니뿐이랴. 사람이란 게 참 신기한 동물이다. 어떠한 안락과도 바꿀 수 없는 것이 자유다. 늙고 병들어도 그렇다.

날도 좋은데
하늘로 딱 올라가 버리면 좋겠어

"천지가 만지가 꽃이요"

오늘 금오도는 꽃밭이다. 꽃들, 저 어둡고 찬 겨울의 장막을 뚫고 피어오른 벚꽃들. 낭창하게 흐드러진 꽃의 무게에 겨워 나무들은 꽃 몸살을 앓지만, 덕분에 산과 들은 온통 불 밝힌 꽃등으로 환하다. 저 꽃들도 순간이겠지. 절정이 곧 나락이겠지. 하지만 꽃은 순간이 곧 영원이다. 영원은 순간을 통해서만 그 실체를 드러낸다.

꽃비 내리는 봄날, 할머니들은 방풍밭에 나와 방풍나물을 뜯는다. 금오도의 밭이란 밭은 방풍과 취나물, 머위나물, 나물들 천국이다. 방풍을 뜯던 할머니 한 분, 지나가는 나그네에게 말을 건다.

"천지가 만지가 꽃이요."

그렇구나! 천지가 꽃이고 만지가 꽃이다. 할머니가 방풍나물 하나
를 건넨다.

"좀 잡숴 보시오. 우리는 잘 모르지만, 텔레비전서 좋다 안합디야."

오늘 이 방풍밭에서는 할머니 세 분이 일한다. 한 할머니는 밭 주인
이고 두 할머니는 품앗이를 나왔다.

미나리과에 속하는 방풍防風은 원래 해변 모래밭이나 바위틈에서
자란다. 예부터 맛과 향이 좋아 잎은 나물로, 그 뿌리는 차와 약재로
애용되었다. 아이들 머리가 좋아진다 해서 태교 음식에 쓰이기도 했
지만, 무엇보다 중풍이나 산후풍 예방에 약효가 뛰어나다고 한다. 그
래서 이름도 방풍이다. 금오도는 여수에서 방풍나물 재배가 가장 많
은 지역이다. 금오도에 방풍 재배가 본격화된 것은 불과 대여섯 해 전
이다. 방풍이 값비싸고 약효가 뛰어난 나물이라는 방송을 본 어떤 이
가 해변에 자생하는 방풍 씨앗을 받아다 재배를 시작했고, 급기야 금
오도 전체로 퍼졌다. 밭 주인 할머니는, 풍에도 좋고 당뇨에도 좋다고
방풍 자랑에 입이 마른다. 당뇨가 있는 할머니는 직접 효과를 봤다.

"입이 마르드만 방풍 즙을 내먹으니 입 마른 게 없어져 부러."

금오도는 섬인데도 어업보다는 농사를 많이 짓는다. 예전에는 고구
마가 주 작물이었는데, 방풍 재배를 시작한 뒤로는 고구마는 거의 심
지 않는다.

"고구마 숭거 봐야 일 년에 몇십만 원 왔다 갔다 한디, 방풍은 한철
에 이태 고구마 농사한 것보다 나서 부러."

다디단 들밥

점심시간. 밭 주인 할머니의 며느리가 도시락 세 개를 싸 왔다. 고등어조림과 김치, 도시락에는 계란 후라이도 하나씩 올라가 있다.

"어서 오씨오. 같이 한술 뜹시다."

할머니들이 밥을 같이 먹자고 한다. 나그네도 염치 불고하고 수저를 든다. 다디단 들밥. 점심시간은 모처럼 휴식 시간이기도 하다. 부동산 투기 바람이 머나면 섬까지도 들쑤시고 다닌다. 서울 사람들이 땅만 나왔다 하면 사재기에 여념이 없다.

"빈 밭이 나기가 바쁘게 사 부러. 빈집도 나기가 바쁘게 사 부러. 서울 사람들이 사 부러. 다 사 부러."

방풍밭은 언덕에 있고 이 언덕에서는 우실마을이 한눈에 다 보인다. 할머니들은 밥을 먹으면서도 동네 돌아가는 일을 훤히 내려다보고 일일이 참견한다. 마치 중계방송 같다. 눈도 밝으시지.

"두 마리는 밭매네."

"저게 뭐 짐승이야. 한 마리 두 마리 하게. 한 사람 두 사람이지."

우체국 뒷밭에서 일하는 사람을 보고 하는 말이다.

"저 차는 야물게 한 차 실었다."

"돈 벌었다 하고 들고 달린다."

방풍나물을 가득 실은 트럭이 배 시간을 맞추기 위해 속도 내는 것을 보고 하는 말이다.

"오리들이 와서 숭어 잡아 자치네. 숭어 덤불이 왔어."

숭어 떼가 몰려든 바닷가로 물오리들이 날아가 숭어를 잡아챈다. 숭어가 보이기야 하겠는가. 이즈음에 해변으로 몰려드는 것이 숭어라는 것을 짐작으로 아는 게지.

"요새 생선회 조심해야지. 방사능인가 뭔가 오염됐다는데."

여기도 일본 후쿠시마 원전 방사능 유출 사건이 관심사다. 할머니들은 방사능에 오염되면 서서히 죽게 된다는 것이 걱정이다. 단박에 죽기만 한다면 무슨 걱정이랴.

"안 아프고 살다 가야지."

"팍 죽으면 좋게. 서서히 죽는데야."

"그래도 죽으면 좋지. 묵고 놀게. 사람 하나 못 친단가. 아이가 아이가 곡소리만 하면 됐지."

"장사 지내는 건 자식들이 와서 하고 우린 먹어 주기만 하면 되지."

"자식들 대학 공부시켜 봤자 부모 모실라고 한당가"

노인당에는 구순이 넘은 할머니가 네 분이나 있다.

"문길 어메가 구십여섯. 검바구 함씨가 문길 어미 담이고."

"젤로 나이 많은 함씨나 하나 죽으면 좋겠네."

"그럼 노인당에 생선회 떠다가 많이 갔다 드려야겠네."

할머니 우스개가 아주 고단수다. 고령의 할머니들을 위해 일흔 넘은 '젊은' 할머니들이 날마다 가서 밥을 해 드린다. 그래서 하는 푸념이다. 자식들이 모시지 않으니 고령의 할머니들은 날마다 노인당에 나와 밥을 먹는 것이 편하지만, 당신들 또한 봉양받을 나이에 꼬박꼬박 밥을 해야 하는 일이 여간 고되지 않다.

"자식들 대학 공부시키고 그래 봤자 누가 부모 모실라고 한당가."

"자식 많은 사람들이 더 못 모시데. 저 며느리가 모시겠지, 저 며느리가 모시겠지 하고 미루다가."

"판판이 보면 자식 많은 사람들이 다 요양원으로 가 부리데."

"그래야 싸울 일 없지."

"함씨도 요양원 갈 일만 남았다."

"나는 죽어도 안 가."

밭 주인 할머니가 능을 친다.

"여기 함씨들 다 영감 없는 사람들이요. 어디 중신 한번 서 보소."

"문디 소리도 다 하네."

두 할머니가 동시에 밭 주인 할머니를 향해 돌팔매질하는 시늉을 한다. 휴식이 끝나고 할머니들은 다시 밭으로 들어간다. 그때 한 할머니 문득 '은총'을 받으셨는지, 하늘을 올려다보면서 한 말씀.

"날도 좋은데 하늘로 딱 올라가 버리면 좋겠어."

꽃비는 내리지, 하늘은 푸르지, 봄볕은 따뜻하지. 승천이라도 할 수 있을 듯이 기분 좋은 봄날이다.

박물관은 살아 있다

함구미마을, 방파제 주변에 여행객이 떼로 몰려 웅성거린다. 무슨 구경거리라도 생긴 걸까. 사람들 틈을 비집고 들어가 보니 할머니 한 분이 맨손으로 물고기를 잡고 있다.

썰물 때, 물이 빠지자 방파제 안에는 작은 물웅덩이가 생겼다. 때를 놓쳐 미처 빠져나가지 못한 물고기들이 웅덩이에 갇혔다. 어린 숭어 떼. 돌로 쌓은 방파제 석축 사이에는 그물이 쳐져 있다. 물고기들은 함정에 빠진 것이다. 독 안에 든 물고기들. 할머니는 양동이를 들고 그저 주워 담기만 한다. 할머니 손길을 피해 달아나는 숭어들. 힘껏 내달려 봐야 물 빠진 갯벌이다. 할머니를 따라 나온 계집아이도 맨손으로 숭어를 잡는다.

옛날에 섬이나 바닷가에서 흔했던 원시 어로인 돌살, 돌 그물과 비슷한 어법이다. 물고기가 귀해진 요즘은 좀체 보기 드문 풍경이다. 오늘 뭍에서 온 여행객들은 어업 박물관이 살아 움직이는 것을 보았다. 섬 여행이 가져다준 행운이다.

나이를
거꾸로 드시고

마침내 영 살이 되면

통영시 두미도. 겨울 한낮, 별 잘 드는 양지녘에 앉아 할머니는 칼을 들고 작업하고 있다. 할머니는 밧줄에 붙은 그물 조각을 긁어낸다. 찢긴 그물을 뜯어낸 뒤, 밧줄을 다시 쓰기 위해서다.

"어디서 왔소?"

"아주 멀리서 왔습니다."

"구경하러 왔습니까? 친척 집에 왔습니까?"

"그냥 구경하러 왔어요. 할머니."

"우리 집에도 오라고 하고 싶지만, 메느리도 있고 아들도 있으니 내

맘대로 못합니다."

"말씀만으로도 고맙습니다."

"여기는 뭐 바닷가하고 산이니 구경할 데가 별로 없어요. 밥은 사자셨소?"

"예, 할머니. 할머니는 여기가 고향이세요?"

"등 너머 대판이라고, 여서 멉니다. 산 넘어야지. 옛날에 이 마을로 시집왔습니다. 전엔 거기도 많이들 살았는데 지금은 안 삽니다. 여도 이젠 빈집이 많아. 좋은 학교도 있었는데 다 뿌사져 비고."

이 외딴섬에서 할머니는 또 어떤 세월을 살아온 것일까.

"밭일하고, 옛날에는 밭 메고 베 짜고, 삼 삼고, 모시 삼고 또 베 짜고. 옛날에는 옷을 호빡 길쌈해가 안 해 입었습니까. 보리 갈아 도구 탱이 찍어가 밥해 먹고, 밀 심어서 국시 해 먹고 개떡 해 먹고. 요새 젊은 사람들은 힘들다고 농사일 안 하재. 바다 배 타고 다니면서 고기나 잡아 폴고."

할머니는 큰아들 내외와 함께 살고, 아들 둘, 딸 둘은 부산에 산다.

"부산에는 자주 가세요?"

"젊어서는 자주 갔는데 요즈음은 잘 못 가요. 거기 가면 돈 많이 들어."

"할머니 연세는 어찌 되세요?"

"육십입니다."

"에이, 할머니도 참."

"작년에 칠십이었으니께."

"그럼 재작년에는 팔십이셨겠네요?"

"예."

"해마다 나이가 줄어드시는군요?"

"그래도 서른 될라먼 아직 멀었습니다."

할머니는 나이를 거꾸로 먹는 중이다. 마침내 영 살이 되면 할머니
는 이승을 하직하고 왔던 곳으로 돌아가려는 것이다.

몸 아프면 자식들 성가시게 할까 봐
그게 젤 걱정이요

꼬막 잡는 낙지

고흥읍에서 군내 버스를 타고 남양면 소재지에서 내렸다. 백제시대 석성 부근 굴다리를 빠져나와 우도 방향 이정표를 따라 걷는다. 썰물 때다. 갯벌 사이에 길이 생겼다. 우도는 고흥 내륙의 섬이다. 득량만 내륙 깊숙이 들어온 갯벌 한가운데 우도가 있다. 그래서 우도는 썰물 때는 육지가 되고 밀물 때면 섬이 된다. 섬사람들은 섬과 육지의 경계를 무시로 넘나든다. 섬사람들 삶의 터전은 섬도 아니고 육지도 아니다. 섬과 육지의 경계, 갯벌이다. 육지의 밭처럼 우도에도 갯벌에 밭이 있다. 각자 갯밭이 따로 있다. 우도 사람들은 거기서 나는 굴과 꼬막을 거두어 삶을 이어간다.

오늘은 우도 길이 오후 한시 삼십분부터 저녁 일곱시까지 열린다. 길이 열리고 닫히는 시간은 물때 따라 날마다 바뀐다. 물길이 열리자 우도 사람들은 자기네 갯밭에 나가 굴을 채취한다. 갯벌 사이로 난 작은 도로. 승용차 한 대는 우도에서 빠져나오는 중이고 트럭 한 대는 우도에 들어가기 위해 기다린다. 갯벌에는 돌에 붙어 자연적으로 자라는 굴도 있고 양식 굴도 있다. 갯벌에 박힌 말뚝에 달린 것은 양식 굴이다. 굴이 열린 나무, '굴나무' 가 햇빛 받아 반짝인다.

우도 마을 초입에는 대나무 다발이 산처럼 쌓였다. 꼬막 양식에 쓸 대나무들이다. 초등학교 옆 집 마당을 기웃거리는데 주인 아주머니가 마치 기다렸다는 듯이 어서 오라고 손짓한다. 꼬막을 삶았으니 먹고 가란다. 막 삶아 낸 꼬막 맛이 다디달다.

"낙지가 물고 올라온 거예요."

무슨 소리지? 꼬막 잡는 낙지라도 기르나? 갯벌에서 파 왔는가 싶었는데, 꼬막은 낙지에 붙어 올라온 것들이란다. 여자는 낙지잡이 배를 탄다. 낙지를 잡아 올리면 더러 낙지 발에 꼬막이 붙어서 올라오는데, 바로 그 꼬막이다. 여자는 서울이 집이지만, 친정집에 임시로 와 살면서 친척 아저씨의 낙지잡이 배를 탄다. 인부를 구하기가 어렵게 되자 여자한테 도와달라고 부탁한 것이다.

여자는 남편이랑 서울에서 식당을 하는데 요즈음은 경기가 좋지 않아 잠시 쉬고 있다. 그 틈에 돈벌이도 할 겸 고향에 내려왔다.

낙지는 갯벌에서 잡지 않고 배를 타고 나가 주낙으로 잡는다. 미끼로는 칠게를 쓴다. 바람만 안 불면 날마다 나간다. 출어할 때마다 보통 백오십 마리에서 이백 마리 정도 잡아 오고, 수입은 두 사람이 반씩 나눈다. 어제는 이백오십 마리를 잡았다. 얼마 전까지는 한 마리에 천오백 원까지 갔는데 지금은 천이백 원으로 떨어졌다. 그래도 소득이 높다.

"힘들어서 그렇지 도시보다 몇 배 낫죠. 가면 뚝딱 몇십만 원 벌어 오는데."

낙지잡이 시간은 대중이 없다. 낙지가 잘 잡히면 날밤을 새우기도 한다.

"출렁출렁 붙어 봐요. 이게 돈이다 싶어서 그렇게 재밌어요."

수입이 좋으니 섬에는 젊은 사람도 많이 산다. 여자의 어머니는 올봄에 갑자기 암이 발병해서 이승을 떠났다. 담도암이었는데, 발견되고 한 달도 못 돼서 돌아가셨다. 그래도 여자는 고향에 내려와 살고 싶은 맘이 없다.

"편하게 살고 싶어요. 파도치고 바람 불면 무서워서 못 해요."

적게 벌어도 고생 덜하며 살고 싶다는 바람. 도시생활인들 편하기야 하겠는가마는 익숙한 삶을 버리기가 쉬운 일은 아니다.

"여기 사람들 다들 잘살아요. 돈 버는 거 서울 사람 뺨쳐요. 여기는 오기만 하면 돈이에요. 돈 잘 벌어요."

하지만 여기도 노인들은 가난하다. 나가면 돈이지만, 노인들은 그 마저도 힘에 부쳐 많은 갯밭을 놀린다.

"자식들 성가시겠어, 늙어 갖고"

마을을 둘러보고 고갯길을 넘어가는데 할머니 한 분, 갯벌에서 굴 작업을 하고 올라온다. 굴은 부둣가에 놓아두고 유모차 같은 수레에 의지해 빈 몸으로 오는데도 힘겨워 보인다.

"와마 죽어 빌겠소. 작년까장도 쪼간씩 해 묵었는디. 나가는 길이 시오?"

"네."

"뭔 차나 있으면 좋으건디."

"천천히 걸어가면 돼요, 할머니."

"해 묵고 살기가 이렇게 힘든갑소. 사람들이 다 늙어 븐께 팔라 해도 살 사람도 없고. 촌에는 늙은 사람만 안 사요."

작업하기가 힘이 들어 갯밭을 팔아 버리고 싶어도 다들 노인들뿐이라 살 사람이 없다.

"허리만 덜 아파도 어치케 해 보것는디."

할머니는 허리가 아파 밀차에 의지해야만 움직일 수 있는 몸인데도

종일 갯밭에서 굴 작업을 하고 왔다.

"허리가 어치케 아픈지 침 맞아도 소용없고."

조금 가다 쉬고 조금 가다 쉬고, 저렇게 가면 해거름에 집에 들어가기가 어려울 듯하다. 일흔여덟 할머니는 몸이 성치 못한 할아버지와 산다.

"아들 성젠디(형제를 두었는데) 광주가 살고. 영감은 나이 묵어 들앉아 있소."

봄에 갑자기 허리가 아프기 시작해 여름 내내 꼼짝 않고 집에 있었다. 조금 움직일 만하니 집에 있기도 답답하고 그래서 다시 갯밭으로 나왔는데 몸이 영 맘 같지 않다.

"집에 있으면 암것도 할 게 없응께 드러누웠다가 나와 보요만, 못 하것소."

할머니는 힘이 든지 몇 걸음 못 가고 또 쉰다.

"영감이 밥도 못해 묵을라고 그런다고 하지 말라고 난리요. 저 밥 못 얻어묵을까 봐서 그라제."

평생 일만 하고 살았으니, 할머니는 아파서 잠깐 쉬는 것도 갑갑하기만 하다.

"여름내 암것도 안하고 밭도 다 든내 빌고(내 버리고) 노요. 하도 애가 터징께 나와 봤지요. 자석들 성가시겠어. 늙어 갖고."

할머니는 몸이 더 아프면, 자식들 귀찮게 할까 봐 그게 가장 큰 걱정거리다.

"가시면 어디서 주무시게."

할머니는 그 고통스런 몸으로도 나그네 잠자리 걱정을 잊지 않는다.

"뭔 차나 하나 있으면 좋겠구만. 들어오는 차는 있어도 나가는 차는 없어."

할머니도 아직 갈 길이 먼데 또 나그네를 걱정한다. 할머니는 분명 평생을 그렇게 자기보다 남을 먼저 생각하며 살았을 게다.

꽃섬에
가면

굴 깨는 할머니

여객선이라기보다는 언뜻 보면 어선 같다. 녹동과 화도花島 사이를 운항하는 여객선은 작고 오래된 목선이다. 상화도와 하화도, 두 꽃섬은 쌍둥이 섬이다. 상화도는 위꼬이섬, 하화도는 아랫꼬이섬이라고도 부른다. 섬에 나무와 꽃들이 만발한 모습이 마치 꽃봉오리 같다고 해서 꽃섬이라는 이름을 얻었다고 전한다. 꽃이 피지 않았어도 섬은 마치 둥그런 꽃봉오리 같다.

아래 꽃섬, 마을회관 앞. 할머니 한 분은 굴을 까고 아주머니 한 분은 찢어진 그물을 깁고 있다.

"고양이가 조사 부렀소. 몇 군데나."

멸치 말리는 그물을 고양이가 찢어 버리는 바람에 바늘로 다시 꿰매고 있는 참이다.

"해 묵고 살 게 없어. 고기가 귀해요."

득량만 바다 안의 섬들은 어딜 가나 그 흔하던 물고기가 사라져 살기가 어렵다는 하소연뿐이다.

"맨당 가에서 뭐해 봐야 뭐 있답디까. 여만 있지 말고 돌아보씨요. 물만 출렁출렁할 거요. 섬에 별 볼 게 없어요."

할머니는 굴 깨는 손놀림을 쉬지 않고 나그네한테 섬을 구경하라고 길을 일러준다.

"나이 먹을수록 육지 살아야제. 병원 가까운 데 살아야제. 가까운 데서 발로 걸어 댕기고. 누가 병원에 데려다 준다우?"

보건소 하나 없는 섬. 작은 섬사람들은 나이 들면서 병원 다닐 일이 큰 걱정이다.

"왔다 갔다 놀러 다니는 사람만 좋다 하제. 살 디는 못 돼요."

할머니는 갯벌에 나갔다 왔으나 주위 온 굴은 많지 않다.

"갯것을 해 먹을라면 이것밖에 없어. 하도 많이 해 싸께 이런 것도 귀하고."

이제 꽃섬도 늙을 대로 늙어 할미꽃섬이 되었다.

"젊은 사람 아무도 없어요. 해 묵을 게 없어서. 이런 거 쪼깐씩 해 묵고. 놈새밭뙈기(텃밭) 마늘 쪼깐 심어 묵고, 반지락(바지락) 그런 것까서 폴아 묵고, 국도 끓여 묵고, 기(게) 같은 거 잡아서 폴고, 그작저작 그라제라."

꽃 시절은 가고

꽃섬도 젊었던 적이 있다. 김 양식이 잘되고 김값이 좋던 시절.

"여가 김발로 유명했던 데요. 잘했어요, 여그 김. 김발 보고 살았는데 김발 그만두고 다들 녹동 가 살고 그란께, 젊은 사람도 없고."

그 시절 마을 사람들은 다들 김 양식을 했고, 섬은 김으로 명성이 높았다.

"아그들 잠 못 자게 하고. 아그들 데꼬(데리고) 해우(김) 뜨러 갈라면 잠 못 자제라우."

그때는 초등학교에 다니는 아이들까지 새벽 세시부터 일어나 김 양식을 도와야 했다. 그만큼 일손이 부족했다. 하지만 고생스러워도 활력이 넘치던 때였다.

"해우 같이 떠서 널어 주고 날 새면 밥 묵고 핵교 가고. 애기들도 고생 많이 했지라우. 한참 잠 올 때 깨우니께. 손도 시럽고. 그때는 해우 뜰 때, 고드름이 덜렁덜렁 붙을 정도로 추웠응께. 바닷가에도 성에가 흐카니 얼어 갖고 있고."

그렇게 아이들도 제 밥벌이 제가 하며 한세월 건너던 시절이었다. 그런 꽃섬의 김은 고흥 바다의 어느 김보다 맛있다고 평판이 자자했다.

"여그 김이 맛있어요."

대나무 엮어서 만든 발도 있었고 나일론 발도 있었지만, 햇빛에 더 많이 노출되는 대발 김이 맛있었다. 그 시절은 뭐든 다 맛있었던 것일까. 어느 섬을 가나 옛날 것이 지금보다 맛났다고 기억한다. 김도 미역도, 조개도, 생선도. 사람 입맛이 변한 걸까, 바다가 변한 걸까.

할머니는 스무 살 꽃 시절에 꽃섬으로 시집왔다. 육지인 녹동에 살다가 이 작은 섬에 처음 살게 됐을 때 그 답답함이란 이루 다 말로 할 수 없었다.

"언능 못 걸어가께 깝깝합니다. 맨날 걸어 봤자 여그 화섬밖에 갈 디가 어디 있소. 그러니 깝깝합니다."

바다를 건널 수 없으니 발이 있어도 맘대로 걸어 다닐 수 없는 심정이 오죽했을까. 그 답답한 섬에서 쉰 해를 살았다. 그 시절은 나룻배도 없던 때라 노를 저어 가거나 돛단배를 타고 다녔다.

"돛 달고 다니다 배가 휘청하면 어찌나 무섭던지."

지금은 섬에서 나룻배를 장만해 자유롭게 드나드니 그것만으로도 좋은 세월이다. 이 섬에도 예전에는 고대구리 배(저인망 어선)가 많았다. 할머니네도 고대구리 배를 했다.

"그때는 고기가 흔했제. 김발 함시로 고기도 잡고."

그 시절은 쌀이 귀해 녹동에 논을 사 놓고 드나들면서 벼농사를 지은 사람도 있었다. 하지만 김값이 떨어지자 주민들은 하나둘 김 양식을 접고 뭍으로 떠나 버렸다.

"어메, 다 갔네."

할머니는 굴 하나를 집어서 맛보라고 건네준다.

"하나 잡사 볼라우. 다디달께요."

굴은 짜고 달다.

"한 번 주면 정이 없고."

할머니는 굴 까는 조새로 큼직한 굴 하나를 더 집어 준다.

어미의 마음

섬의 안길을 걷는다. 멀리서 보면 어찌 저렇게 좁은 데서 사람이 살수 있을까 싶은 섬에도 다들 사람들이 살고 있다. 어로를 하고, 밀감이나 유자나무를 심고, 술도 마시고, 싸움도 하고 화해도 하고, 사랑도 하면서 살아간다. 폐교된 초등학교 마당은 온통 풀밭이다. 낡은 교사 옆에는 녹슨 동상들만 외롭게 학교를 지키고 있다. 장군은 칼을 들고 서 있고 책 읽는 소녀는 여전히 책을 읽고 있는데 아이들만 간 곳이 없다.

폐교 정문을 나서는데 아주머니 한 분이 손짓한다. 누구지? 아! 조금 전 마당을 기웃거리다 만난 분이다. 조용히 콩을 까고 있기에 인사만 하고 돌아서 나왔다. 그런데 손짓해 부르며 어서 집으로 오란다.

"아까 그냥 보내서 섭섭했소. 우리도 객지 살다가 들어온 지 얼마 안 돼서 집안이 질서가 없소. 자식들은 모두 서울 살고. 그래 어디 누구 집에 오셨소?"

"아닙니다. 그냥 여행 왔습니다."

"내가 보기에는 정처 없이 다니는 분 같소. 잠깐 앉아 계시오."

어찌 아셨을까 내가 정처 없는 나그네인 것을. 집 없이 떠도는 인생이 안타까웠던 걸까. 초로의 아주머니는 나그네를 마루에 앉혀 두고 부엌에 들어가 커다란 홍시 하나를 접시에 담아 나온다.

"얼른 잡수고 가시오. 객지서 오셨는디 드릴 것도 없고, 맘이 짠하요."

아주머니는 난생처음 본 나그네지만, 집에 들렀으니 뭐라도 대접하고 싶었던 게다. 미안하고 고마운 마음에 넙죽 받아먹는다. 평생 다시 마주칠 일 없을 나그네한테 베푸는 마음이란, 대체 어떤 마음일까. 달고 붉은 감. 목으로 넘어가는 것은 감이 아니다. 어미의 마음이다.

돈 안 받을 테니까
빵 하나 먹고 가

　　대청도는 인천에서 북서쪽으로 202킬로미터나 떨어진 먼 섬이지만, 북한 황해도 장산곶하고는 불과 19킬로미터 거리밖에 되지 않는다. 서울보다 평양이 더 가까운 섬. 백령도, 연평도 등과 함께 군사분계선 위에 있어서 분단을 몸으로 안고 살아간다.

　　백령도를 걷고, 대청도로 건너왔다. 대청도에는 일주도로가 나 있는데, 나그네는 대청면 소재지가 있는 선진포구에서 동내동 방향으로 길을 잡는다.

　　포구에도 몇 군데 민박집이 있지만, 오늘은 배낭을 풀지 않고 걸을 참이다. 묵을 곳을 잡고 걷는 길은 짐이 없어서 몸은 가볍지만, 길을 걷다 마음 가는 곳에 머물 수 없는 단점이 있다. 어디 세상일이 늘 만족스럽기만 하겠는가.

삶이 그렇듯이 여행 또한 과정이다. 여행은 곧 길이다. 목적지에 이르는 것보다 목적지로 가는 길이야말로 여행의 진수다. 그런데도 우리는 얼마나 자주 여행의 과정을 생략해 버리는가! 서둘러 목적지에 가기 위해 과속 페달을 얼마나 밟아 대는가! 여행길에서는 서둘지 말고 천천히 걸어야 한다. 천천히 걷기보다 더 훌륭한 여행의 기술은 없다. 천천히 걸으면서 나그네는 스스로와 대면하고 세계와 내밀하게 소통한다. 일상적 사유의 한계를 벗어나 사유의 폭을 무한대로, 확장시킨다.

인적 없는 길을 세 시간 동안 걸으니 사탄동 해변이다. 마을 민박집에서 하룻밤 묵을 생각이었으나, 여름에만 민박을 한다니 별수 없이 다시 면 소재지까지 나가야 한다. 날은 이미 저물기 시작했다.

"할머니, 선착장까지는 얼마나 가야 하나요."

"멀어, 이 밤중에 거기를 어찌 갈려고."

할머니는 나그네의 소매를 붙든다.

"빵이나 하나 먹고 가."

할머니는 구멍가게 주인이다.

"돈 안 받을 테니까. 먹고 가. 거기까지 갈려면 배고파서 안 돼."

할머니는 걸망을 맨 나그네가 안쓰러워 보였나 보다.

"고맙습니다. 할머니 저는 부둣가에 가서 밥 먹으면 되니 걱정하지 마세요."

"그래도 빵 많이 있는데, 하나만 먹고 가지 그래."
"말씀만으로도 고맙습니다. 건강하세요. 할머니."

할머니는 밤길 떠나는 길손이 내내 걱정이다. 한참을 배웅하며 그 자리에 서 있다. 어둠 속에서 산길을 넘는다. 해안에는 안개 자욱하고, 파도는 도로까지 넘실거린다. 불빛 하나 없는 대청도의 밤길. 옛적 등짐 진 나그네들도 막막한 이 밤길을 걸어서 다녔을 것이다. 어느새 밤은 깊을 대로 깊었다. 길이 보이지 않는 막막한 어둠속. 밤길 가는 내내 할머니의 그 따뜻한 마음이 등대가 된다. 길에서 만나는 어머니들은 세상 모든 자식의 어머니다.

지붕이 날아갈까 봐
무섭소

"고맙소, 왔다 가니라고 고맙소. 갑시다잉"

여수시 삼산면 거문도. 거문도는 하나의 섬이 아니다. 동도, 서도, 고도 세 개의 섬 전체를 거문도라는 하나의 이름으로 부른다. 거문도 동도 유촌마을에서 해안 길을 따라 죽촌마을로 간다. 죽촌마을 대로변은 물고기 양식장 사료로 쓸 냉동 물고기 하역 작업이 한창이다. 냉동 창고 앞에서는 사료용 물고기를 자르는 기계 소리가 요란하다. 죽촌마을 해안가 낡은 오두막 마당에서 할머니 한 분이 생선을 손질하고 앉았다.

"말렸다가 반찬 하시려고요."

"아닙니다. 냉동실에 넣어 뒀다가 아이들 오면 먹일라고 그럽니다. 칵칵 씻쳐 갖고 배를 뜹니다. 이거 이리 좋다요. 한데 좀 빈내가 납니다."

할머니는 선한 인상처럼 말씀도 참 곱다. 학꽁치가 맛있기는 한데 날것으로 먹으면 조금 비린내가 난다는 말이다. 학꽁치는 할머니가 잡은 것이 아니다. 거문리(고도)에 사는 할머니 조카가 가두리 양식장 바지에서 뜰채로 뜬 것이다. 할머니는 자식들을 키워서 모두 세상으로 내보내고 혼자 산다.

"자식들 있어도 다 객지 가 사요. 큰아들은 서울서 살고. 나는 이라고 삽니다. 이게 편합니다. 시골 사람은 시골 사는 게 좋습니다."

몸은 편찮아도 혼자 사는 것이 마음은 편타.

"그렇잖아도 자식들은 집을 폴라고 합니다. 이리 헐었어도 바닷가라 폴라는 사람 많습니다. 그래서 '내가 뭐하러 집을 폴아야' 그랬습니다. 나가 살았응께, '죽을 때까정은 여그서 살란다' 그랍니다. 그런데 여기는 뭐하러 오셨소."

"구경 삼아 왔습니다."

"나는 뭐 폴로 다닌 줄 알았습니다."

배낭을 멘 허름한 입성의 나그네가 장돌뱅이로 비쳤나 보다.

"저그 방파제 가면 참 좋습니다. 여름 되면 사람이 넘칩니다. 발에 걸립니다. 쪼깐 안즈 꺼인디 그라요. 다리 아픈데 서 있고 그라요. 고기 하나는 거문도가 흔하요."

자식들의 부양 능력을 살피지도 않고 그저 자식이 있다는 '죄' 하나로 혼자 사는 수많은 극빈층 노인이 생활보호 대상자가 되지 못한다. 팔순의 할머니도 오랜 세월 자식이나 국가 도움 없이 혼자 힘으로 살아왔다.

"자식들 사정도 에럽고. 아들네 있다고 돈 한 닙도 못 타 묵고, 도회지는 똥도 돈 아닙디야. 그래도 올부터는 다달이 빠딱 팔만사천 원씩, 두 번 얻어먹었습니다. 근디 거문리 가서 타야 하니 나룻배 성게만 오고 가고 4천 원씩이나 나갑니다."

그나마 올해부터는 기초노령연금을 타게 된 것이 생활에 큰 보탬이 된다. 하지만 거문리까지 배를 타고 가서 연금을 타야 하니 뱃삯도 부담스럽다.

"그래도 살기는 여가 좋습니다. 어지간하면 여기는 살아요. 바닷가 가서 찬거리 해다 묵고. 일해 주고 얻어 묵기도 하고. 내 보지런하면 삽니다. 께을러서 못 하게 그러제라."

거문도에서 나고 자라 거문도에서 결혼한 할머니. 선원 생활을 하며 늘 바깥으로만 떠돌던 남편은 이제 집에 정주하는가 싶더니 바로 세상을 떴다. 그때 남편 나이 쉰다섯.

"아범도 청춘에 가 버리고. 혈압이 높아서 그만 밥 잣다가 넘어가 버립디다. 자식들 키우고 입때껏 혼자 사요. 살았을 쩍에도 2년마다 한 번 옵디다. 고깃배 타고 외국 댕기느라고."

"할머니, 참 고우세요."

"무슨 다 늙어가 여망꽃(저승꽃)까정 핏는 걸요."

할머니는 살풋 웃는다.

"뭐할라고 여망꽃은 피능가 모르겠소. 젊어서는 이삐단 소리도 많이 들었습니다만."

얼굴에 저승꽃이 핀 팔순 나이에도 예쁘단 소리가 듣기 싫지 않은 할머니, 천상 여인이다. 할머니 집은 초가집에서 지붕만 슬레이트로 바뀌었다. 그도 세월이 지나니 낡을 대로 낡아 집은 곧 허물어질 듯 위태롭다. 할머니는 지금도 해변에 떠밀려 온 나무를 주워 불을 때고 산다.

"바람이 불 때 그중 깝깝하요. 혼자 사게 태풍이 오면 그중 무섭소. 집이 허께, 지붕이 날아갈까 봐서 무섭소."

할머니는 손놀림을 쉬지 않지만, 바구니에는 아직도 학꽁치가 가득하다. 나그네는 나룻배 시간에 맞춰 일어선다.

"할머니 건강하게 오래오래 사세요."

"오래 살아 뭐하 꺼시오. 늙으면 가야제라. 말이라도 고맙소만."

말씀은 그리 하셔도 싫지 않은 표정이다. 나그네가 잠깐 말벗이라도 되었던 것일까. 할머니는 연신 고맙다고 한다.

"고맙소, 왔다 가니라고 고맙소. 갑시다잉."

어머니, 그 한없이 따뜻하고
잔혹한 이름

무화과 익어 가는 시절

목포버스터미널, 코앞에서 진도행 버스를 놓쳤다. 버스나 배를 놓치는 것이 꼭 그렇다. 사람 인연도 늘 간발 차이다. 단지 몇 초 늦었을 뿐인데 차도, 사람도 이미 떠나고 없다.

남도의 가을은 본격적인 무화과 철이다. 목포버스터미널 입구, 오늘 여자의 노점에 나온 무화과는 맛이 들어 보이지 않는다. 껍질이 파랗다. 물론 잎 그늘 아래에서 자란 것은 잘 익어도 파랗지만, 무화과는 대부분 검붉게 익는다. 잘 익어야 과육도 달다. 여자도 너무 일찍 땄다는 사실을 인정한다. 무화과는 영암의 농장에서 가져왔다. 영암은 무화과 왕국. 영암 들판은 온통 무화과나무 천지다. 영암 농민들은 고추나 콩, 깨 농사 대신 무화과 농사를 짓는다. 무화과는 쌀보다도 열 배나 많은 이익을 가져다준다.

"농약도 안 하고 순만 쳐 주면 돼. 옆 순 나면 열매가 작아지니까 열매 굵어지라고 순을 쳐 주는 거지."

무화과는 면역성이 강해 굳이 농약을 칠 필요가 없다고 한다. 그저 퇴비만 잘 주고 순만 잘 쳐 주면 된단다. 다른 과수나무에 비해 수확도 빠른 편이다.

"요게 삼 년만 되면 수확을 엄청나게 많이 해 부러. 심음시로(심으면서) 딴당께."

다른 과일과는 달리 무화과는 햇빛 받으며 익지 않는다. 물론 햇빛을 많이 받아야 과육이 단 것은 여느 과일과 같다. 하지만 먹기 좋게 빨갛게 벌어지는 것은 낮이 아니라 아침 시간이다.

"요것이 아침마다 비 오고 이슬만 맞으면 익어. 밤이슬 먹고 살아. 낮에 가면 딸 것이 하나도 없는데 잠자고 나면 다 익어 있어."

무화과 장사 서른 해. 여자는 목포버스터미널 앞에서만 스물다섯 해쯤 무화과 좌판을 펼쳤다. 무화과 팔아 아이들 가르치고 집도 샀다. 여자는 옛날 영암에 살면서 무화과 농사 지을 때는 나룻배 타고 영산강 건너 목포로 무화과를 팔러 다녔다. 영산강 하구언 둑을 막기 전이었다. 서른 해 전쯤에도 한동안 무화과 바람이 분 적이 있었다. 무화과 값이 좋으니까 너도나도 무화과를 심었다. 갑자기 가격이 폭락하자 다들 나무를 파 버렸다. 그러다 다시 값이 오르기 시작하자 이번에도 너나없이 무화과를 심었다. 그것이 벌써 십 년 전 일이다. 다시 공급 과잉으로 값이 떨어지면 언제 또 나무들을 베어 낼지 모를 일이다. 유자, 귤, 복숭아, 배가 다 그랬다. 한 가지가 잘되면 다들 몰려들고 그러다가 다 함께 망했다. 이 나라에서 그런 것이 어디 과일뿐이겠는가.

"치매 걸리면 묵고 죽을라고 그라요. 자식 안 성가시게"

오늘은 무화과를 사 가는 손님이 드물다. 그 때문일까. 여자는 무화과 파는 일은 뒷전이고 양동이 가득 물을 떠 놓고 약초 씻는 데에 몰두해 있다.

"지금 씻는 것이 무슨 약촌가요?"

"임금님이 사약 내릴 때 쓰던 '초오' 라는 약초요."

초오草烏. 예부터 비상과 함께 사약 재료로 사용되던 미나리아재비과 식물인 투구꽃의 뿌리다. 단방으로 먹으면 위장 안에서 점막 출혈이 일어나 피를 토하며 죽게 되는 무서운 독초다.

"근데 그걸 어디에 쓰려고요? 사약이라도 내릴 사람이 있으세요?"

여자가 빙긋 웃는다.

"치매 걸리면 묵고 죽을라고 그래요."

나그네가 살던 섬 보길도 노인들은 환갑만 지나면 다들 '시안'(청산가리)을 몰래 지니고 살았다. 노인들이 그 맹독의 화공약품을 지닌 것은 스스로 목숨을 끊기 위함이었다. 노인들은 혼자 밥 해 먹을 기력마저 잃게 되면 자식들한테 피해를 주기 싫어서 약을 준비한다고들 했다. 그리고 실제로 마지막 순간이 오면 약을 먹고 목숨을 끊는 일이 흔했다. 스스로 치르는 고려장. 그런데 오늘 목포에서 자신의 고려장을 준비하는 여자를 만났다. 설마 농담이지 싶으면서도 여자 말에서 진심이 묻어나니 웃을 수만은 없다.

"초오가 독약으로만 쓰여요? 다른 약으로는 안 쓰고요?"

"관절에도 좋다 안 하요. 다리 아프고 삭신이 쑤실 때, 오리나 마른 명태에다 넣고 끓여 먹는대요. 이것만 먹으면 죽으께."

독은 약이고 약은 독이다. 잘 쓰면 독도 약이 되고 잘못 쓰면 약도 독이 된다. 무릎관절 약으로 쓰려는 걸까. 여자는 해남의 산에서 약초를 캐서 팔러 다니는 약초꾼에게 초오 오천 원어치를 샀다. 저만큼의 초오 독이 목숨을 끊을 정도라면 사람 목숨 값은 참으로 헐하다. 한목숨 살리기는 억만금으로도 어려운데, 목숨 하나 죽이는 데는 단돈 오천 원으로도 부족함이 없다. 여자는 초오를 깨끗이 씻어서 말린 뒤 빻아서 하얀 가루로 만들어 놓을 거라 한다.

"풍 오고 치매 오고 그런 거 나도 모른 순간에 와 빌더라고. 그럴 때는 얼릉 이걸 먹고 죽어 버려야제. 그래야 자식 안 성가시제."

간난신고를 견디며 목숨을 부지하고 살아온 이유도 자식을 위해서였는데, 이제 목숨을 버리는 이유도 자식을 위해서다. 어머니, 그 이름이 한없이 따뜻하면서도 잔혹하다.

노인의 걸음은
진화다!

걷지 못하던 사람이 어느 날 갑자기 일어나 걸을 때, 우리는 그것을 기적이라 부른다. 그렇다면 멀쩡한 두 다리로 걸을 수 있는 사람은 이미 기적을 체험하고 있는 셈 아닌가. 걷는 것이야말로 진실로 기적이다. 걷기에는 어떤 마력 같은 힘이 있다. 걷기는 끊긴 생각을 이어 주고, 막혔던 사유의 물꼬를 터 준다.

제주도 서귀포시, 성산 일출봉이 보이는 오조리 해안가. 썰물의 시간이다.

꼬부랑 할머니 한 분이 갯것을 하러 바다에 나간다. 걷다 쉬다, 걷다 쉬다 힘에 겹다. 저러다가 나갔던 물 다시 들어오면 어쩌려나.

그래도 할머니는 서두르지 않는다. 여든다섯, 할머니는 걷기가 힘에 부치지만, 딱히 급할 것도 없다. 가다 못 가면 그만이지. 할머니는 오조리에 산다.

"할머니 어디 가세요?"

"바당에 조개 파러. 물 써면 바짝 몰라 빌면 긁어 가매 조개 파 갑니더. 어디서 왔으꽈?"

"인천서 왔습니다."

"걸어왔으꽈?"

"예."

성산까지는 어찌 왔느냐는 말이다.

"어망 아방 다 살아 있으꽈?"

"예."

"성이 뭐꽈?"

"강갑니다."

"강치비? 내도 강치비 딸이우다."

"육지서 와서 부치비(부 씨)랑 겔혼했는데 하르방(할아버지)은 돌아갔수다. 공동묘지 가벴수께."

할머니는 친정이 삼천포. 제주로 시집와 예순 해 동안 잠녀로 살다가 몇 해 전에 은퇴했다. 잠수 일로 얻은 직업병 때문에 이제는 바다 대신 병원으로 출근한다.

"작은아들은 죽어부런, 산천에 간, 죽으난(죽어서) 묻어 불고."

작은아들은 어미보다 먼저 세상을 등지고, 늙은 어미는 느릿느릿 갯벌을 향해 걷는다. 문득 노인들의 걸음이 느린 것은 육체의 노쇠 때문이 아닐 거란 생각이 든다. 저것은 퇴화가 아니다. 길은 북망산천 가는 길, 죽음 곁으로 가는 것을 최대한 늦추기 위해 노인들의 걸음걸이는 느리게 진화한 것이다.

집이 징글징글하게 이뻐요
비 오면 새고 하늘이 보이고

얕은 바다가 위험하다

한여름, 섬은 도시의 열기를 피해 찾아온 피서객들로 열병을 앓는다. 인천시 덕적면 덕적도. 피서 왔다 돌아가는 사람들로 덕적도 도우 포구는 인산인해다. 오후 2시 30분, 덕적도 외곽에 있는 섬들만 순회하는 여객선 해양호가 출항한다. 오늘 해양호에는 여객이 많지 않다. 팔월 중순에 접어들면서 외곽 섬으로 가는 피서객이 많이 줄었다. 문갑도에 들렀던 여객선은 굴업도를 코앞에 두고 우회한다. 직진하지 못하는 것은 바닥에 모래톱이 있기 때문이다.

사태 또는 풀등이라고 부르는 모래톱. 이 바다에는 풀등처럼 드러나는 모래톱만이 아니라 썰물에도 드러나지 않는 숨은 모래톱이 곳곳에 암초처럼 더 많이 깔렸다. 썰물 때인 지금 바다의 수심이 3미터밖에 안 된다. 그래서 여객선은 가까운 길을 눈앞에 두고 수심이 더 깊은 곳을 찾아 우회한다. 바닷길에 위험한 곳은 깊은 바다가 아니다. 얕은 바다다. 암초와 모래톱은 작은 바람에도 큰 파도를 일으키고, 잠시 방심한 틈을 타 선박들을 파멸로 이끈다.

두 시간 항해 끝에 여객선은 백아도 선착장에 나그네 홀로 내려놓고 서둘러 뱃머리를 돌린다. 피서지가 아닌 백아도 선착장 부근에는 인가 한 채 없다. 방파제 안에는 작은 배만 달랑 두 척. 백아도의 어업도 사양길에 접어든 지 오래다.

백아도에는 두 마을이 있다. 이 마을은 학교가 있었다 해서 학교마을이고. 섬 서북쪽은 부대마을이다. 예전에 군부대가 주둔해 있었다고 붙여진 이름이다. 백아도 앞바다는 일제강점기 때부터 유명한 새우 어장이었다. 그래서 덕적군도의 여느 섬들처럼 백아도 사람들도 옛날에는 새우젓을 담가 뭍에서 쌀을 바꿔다 먹고살았다. 1970년대 초까지는 민어잡이도 번성했다. 정자나무 아래서 만난 노인이 그 시절을 추억한다.

"그때는 민어 울음소리가 하도 시끄러워서 사람들이 산에 앉아서 대화를 못 할 정도였어. 꽉꽉거리는 게 매미 울음소리는 저리 가라야. 그렇게 버글댔는데. 지금은 씨가 말랐어."

민어가 사라진 바다에서는 꽃게가 귀한 대접을 받았다. 1990년대 말까지만 해도 인천 등지의 꽃게 배들이 백아도로 들어왔다. 주민은 꽃게 그물 손질을 해 주고 일당이라도 벌었다. 하지만 이제 더는 꽃게 배도 들어오지 않는다. 이 섬에서는 소형 어선 두 척만 통발로 우럭, 노래미, 장어 따위를 잡고 자망 그물로는 꽃게를 조금 잡을 뿐이다. 학교마을 고개를 넘어서니 풀숲에 폐교가 파묻혀 있다. 폐교 앞 해변이 아늑하지만, 물놀이하는 사람 하나 없이 한적하다. 늦은 오후, 바다는 금빛으로 반짝이고 파도는 잘게 부서진다.

선풍기 없이 부채 하나로 여름을 나고

삼십 분 남짓 한적한 해안도로를 따라 걸으니 부대마을이 나온다. 마을 초입, 대숲에 둘러싸인 오래된 기와집 한 채가 나그네의 발길을 붙든다. 행랑채까지 있는 것을 보니 옛적에는 제법 섬의 유지 노릇을 하던 집안이었던 모양이다. 하지만 집은 전체적으로 많이 기울어져 있어 폐가가 다 된 느낌이다. 그래도 사립문 밖에 땔감이 잔뜩 쌓여 있고, 마당에는 빨래가 걸려 있으니 아직 사람이 사는가 보다. 마당으로 들어서자 할머니 한 분 방 안에 앉아 이른 저녁밥을 먹고 있다.

"실례합니다."

"어디서 오셨소."

"섬 구경 왔다가 들렀습니다."

"다 벗고 있는디."

할머니는 속옷 바람으로 있는 게 민망한지 수줍어한다.

"어서 식사하세요."

할머니가 나오려는 것을 말리고 마당을 둘러본다. 할머니는 텔레비전에서 눈을 떼지 못하고 한 손으로는 연신 부채질을 하며 물에 만 밥을 먹는다.

"할머니, 집이 예쁘네요."

"징글징글하게 이뻐요. 비 오면 새고, 하늘이 보이고."

할머니는 서러운 말씀도 곱다. '비만 오면 다른 집 가라고' 자식들한테서 전화가 온다. 바람이라도 세게 불면 기왓장도 날아다닌다. 지어진 지 백 년도 넘은 기울어 가는 낡은 집이지만, 마당이고 부엌이고 어디나 정갈하고 단정하다. 마루 밑에는 아궁이가 있다. 아직도 겨울에는 나무를 때서 난방을 한다. 부엌 아궁이에도 가마솥이 걸렸다. 가마솥 옆에는 가스레인지. 수도꼭지 아래는 물동이가 놓여 있다.

수도가 들어온 것은 몇 해 되지 않았다. 할머니는 평생 우물에서 물동이로 물을 길어다 먹었다. 수도가 들어왔어도 버리지 못한 물동이는 할머니의 마음 같기도 하다. 일흔여덟, 할머니는 이 작은 섬마을에 나서 평생을 살았다.

"이 마을에서 생겨가 이 마을서 늙었어요. 여도 옛날에는 많이들 살았시다. 지금은 다들 죽고, 나가고."

할머니는 다 먹은 밥상을 들고 나온다.

"사람 늙으면 다리나 안 아팠으면 좋겠네. 아이고 힘들어."

할아버지는 작은 배로 어로를 하다 돌아가셨다.

"뗏마(작은 목선)로, 낚시로 우럭 새끼 그런 것 잡고 그렇게 살다가 칠십도 못 잡수고 돌아가셨지."

할머니의 오빠들은 젊어서 연평바다에 조기잡이 갔다가 유명을 달리했다. 1959년 태풍 '사라호' 때다. 친오빠 둘과 사촌오빠 하나 그렇게 세 형제가 한날한시 한 바다에서 죽었다. 맹수같이 사나운 태풍 앞에서는 어머니인 바다도 자녀들을 지켜 주지 못한다.

할머니가 사는 이 낡은 고택은 친정집이었다. 친정 조카들이 살다가 도시로 떠나고 난 뒤, 오두막에 살던 할머니가 세간을 옮겼다. 비가 새는 낡은 집, 선풍기 한 대 없이 부채 하나로 타는 여름을 날지라도 할머니는 여기의 삶이 좋다.

"공기 좋고 여기가 좋지, 아프지만 않으면 좋은데 그게 걱정이오."

다만 하나, 고달픈 노동의 대가로 얻은 육신의 병만이 걱정이다. 어찌할 것인가. 할머니가 부엌에서 물병을 들고 나와 시원한 물 한잔을 따라 준다. 나그네는 조갈증 환자처럼 벌컥벌컥 들이킨다.

자식 같았을까. 안쓰러웠던 것일까. 할머니 말이 애틋하다.

"어째 시원한 물 한잔 주라고 말하지 않았소. 걸어오느라 목이 탔을 텐데."

여자들은 철들면 시집가는데
사내들은 철들면 죽어 뿌러!

전남 완도군 보길도. 간밤은 바람이 매섭게 불고 얼어붙을 듯 추웠다. 맹렬한 추위에도 비싼 기름값 때문에 섬 노인들은 대부분 보일러를 틀지 못하고 산다. 기름값이 싸던 시절, 너도나도 구들을 뜯고 보일러를 놔 버렸으니 이제는 산에 부러진 나무가 넘쳐 나도 주워다가 불을 땔 수가 없다. 섬도 갈수록 양극화가 심해진다. 노동력 있는 젊은 축들은 어패류나 해조류 양식업으로 많은 수입을 올리지만, 노인들, 특히나 홀로 사는 노인들은 궁핍하다.

겨울이면 궁핍은 그 실체를 더욱 모질게 드러낸다. 냉기 가득한 방에서 겨우 전기장판 하나 틀고 이불 뒤집어쓰고 잠을 잔 노인들, 아침이면 굳어진 몸 풀러 노인당으로 모여든다. 마을 기금으로 기름을 사서 때는 노인당 방 안은 구석구석 골고루 뜨끈하다. 오늘은 누구네 돼지를 잡았는가. 삶은 돼지고기 몇 점에 낮술이 한 순배 돌면 선창몰 할머니 말이 걸어진다.

"좆 달린 놈들은 평생 철이 없어. 씨부랄 것들, 젊으나 늙으나 함부로 산당께!"

노인당을 찾은 노인들은 모두 할머니다. 그중 열에 아홉은 영감이 먼저 세상 뜬 지 오래다. 벌써 열 해, 스무 해 전에 돌아가셨고, 몇몇은 아주 젊은 나이에 청상이 되어 평생을 살았다. 선창몰 할머니도 몇 해 전에 할아버지를 여의었다. 평생 속을 썩인 영감이지만, 그래도 아쉬움이 어찌 없을까. 할머니는 어린 시절부터 천주교 신자였다. 시집 온 뒤로는 성당엘 다니지 못했다. 영감의 강요 때문에 평생을 가슴에 품고만 살았다. 그러던 영감이 늙어 병들자 성당에 나가는 것을 허락했다. 그러고 얼마 뒤, 바로 생을 하직했다. 철드는가 싶으니 홀쩍 이승을 떠나 버린 것이다.

"여자들은 철들면 시집가는디 사내놈들은 철들면 죽어 뿌러!"

응달짝 할머니가 말씀을 받는다.

"그러게 말이요잉. 우리 영감도 그렇게 철이 없어서, 고생도 고생도 징하게 시키싸터니 이놈 영감탱구가 늘그막에 이제 좀 철드나 싶으니 덜컥 죽어 버립디다!"

"우리 영감도 그럽디다!"

"참말 그럽디다. 사내놈들은 철들면 죽는단 말이 딱 맞어라우!"

모진 세월 구구절절 말은 안 해도 노인당 할머니들 맘이 다 같다.

"원수 같은 영감탱이들. 사재 넋이 같은 영감탱구들!"

보길도 노인당. 영감님들 먼저 보내고 생의 마지막 휴가를 얻은 할머니들, 비로소 즐겁다.

고향도
잊어버리고

인천시 강화군 아차도. 바닷가 오막살이, 할머니 집 마당에서는 옥수수가 말라 간다. 곡식은 햇볕 받아 마를수록 여물다. 사람 또한 그러하다. 할아버지는 세 해 전에 이승을 하직했다. 바다와 함께, 돌아가신 할아버지와 할머니가 딸 둘, 아들 둘을 키웠지만, 이제 할머니는 혼자다. 혼자 남은 할머니는 차돌처럼 단단해졌다.

홀로된 할머니가 유일하게 의지하는 곳은 교회. 할머니는 교회에 다니지만, 제사를 지낸다. 교회에 가서는 예배를 하고, 집에서는 조상님들 제사를 모시는 것이 양다리는 아니다. 고단한 삶을 건너는 방편이다.

할아버지가 떠난 뒤, 할머니는 배 부릴 때 쓰던 어구들을 태워 없애느라 고생이 많았다. 할머니에게는 더는 쓸모없어진 어구들이었을 테지만, 아쉬운 일이다. 어업의 한 역사가 허망하게 불태워져 버렸다. 처마 밑에는 할아버지가 썼을 대나무 낚싯대 몇 개가 처박혀 있고, 벽에는 지금은 사용하지 않는 물지게가, 부엌 아궁이에는 가마솥이 걸렸다.

"할머니 겨울에는 아직도 불 때고 사세요?"

"보일러를 못 했시다."

"오히려 잘되셨네요. 기름값도 비싼데."

할머니는 손을 젓는다.

"매워서, 연기 땜에 맵고, 비 많이 오면 물 나고 말도 못해."

왜 아닐까. 오랫동안 구들을 손보지 않아 고래가 막혔을 것이다. 그런 아궁이에 환풍기 없이 불을 때면 부엌은 순식간에 연기로 가득 찬다. 집이 바람을 피해 저지대에 지어졌으니 비라도 오면 아궁이에는 물이 고이기도 하겠지.

부엌 뒤란에는 장독대가 있다. 장독마다 간장, 된장이 그득하다. 변소도 물론 재래식. 불을 때고 난 재로 변을 묻어 두었다가 거름으로 내니 냄새가 나지 않는다.

"올핸 배추도 쪼끔 심어야 싱깐. 배추 많이 심어서 머해요. 작년에도 다 담가 놓곤 가질러 와야 하는데 안 오니깐 다 내다 버리느라 혼났시다. 봄에 다 버렸지, 시어져서 못 먹어. 다들 회사 다니고 바쁘니깐 못 왔지."

할머니는 가지러 온다는 보장도 없는 자식들을 위해 김장 김치와 된장을 담근다. 김치는 시어 빠져서 내다 버렸고, 장은 몇 년째 장독대에서 묵어 간다. 김장 배추를 적게 심겠다고 말은 하지만, 할머니는 올 가을에도 어김없이 넉넉하게 김장을 하고 메주를 띄울 것이다. 할머니는 어미인 것이다. 어미는 여든셋, 얼굴엔 여망꽃이 피었다. 고양이 한 마리가 그늘을 찾아가 늘어진다.

"쥐가 하도 들끓어 싸서 어제 저녁에 다른 집서 잠깐 데려다 놨는데 안 가고 있시다. 밥 달라기에 밥 줬더니 밥 먹고."
고양이는 할머니 집이 편하고 좋은가 보다.

"할머니는 고향이 어디세요?"
"고향? 없시다."
"강화세요?"
"그랬시다."
"강화 어디신데요?"
"잊어버려서 모르갔시다."

할머니는 섬으로 시집와서 예순 해 넘는 세월 동안 친정에는 가 보지도 못 했다. 옛날 섬에서는 다들 그렇게 살았다.

이제 할머니도 남은 날이 많지 않다. 할머니마저 떠나고 나면 이 집은 폐허가 되고, 할머니의 삶을 지탱해 준 물건들은 모두 불태워질 것이다. 삶의 흔적들이 아주 사라지고 나면 삶을 증거해 줄 수 있는 것은 무엇일까. 한때 삶이 깃들었던 물질들, 죽은 육신과 함께 아주 사라지고 나면 삶은 또 어디로 가서 머물게 되는 것일까.

애들 다 줘도
안 아깝죠

사람들은 늙어 가고 가을 섬은 곰삭아 간다

삽시도 뱃머리, 여객선이 도착하자 어민들은 뭍으로 보낼 홍합과
바지락 망태기를 싣느라 분주해진다. 오후 막배는 섬에서 나가는 사
람보다 조개들이 더 많다.

삽시도는 충남 보령의 섬이다. 대천항에서 뱃길로 한 시간. 이백여
가구에 오백여 주민이 터 잡고 살아간다. 거멀너머, 진너머, 밤섬 해
변 등 물놀이하기 좋은 해변이 많아 여름이면 피서객이 몰린다.

마을 곳곳에 새로 지은 펜션과 방갈로 들이 제법 눈에 띈다. 민박도
많다. 더러 아이엠에프IMF 구제금융 때, 외지에서 들어와 정착한 사
람들이 숙박업을 하며 생계를 꾸리기도 한다. 피서객들이 떠나간 섬

은 은은하게 퍼지는 멸치젓 냄새로 구수하다. 섬사람들은 늙어 가고 가을 섬은 깊이깊이 곰삭아 간다.

이즈음 삽시도는 한창 홍합 철이고 멸치 철이다. 배를 가진 어민들은 안강망 그물로 멸치를 잡고 무인도에 가서 홍합을 따 온다. 섬에 남은 노인들은 갯가에 나가 바지락을 캐다 살아간다. 저물녘 부둣가, 할머니 한 분이 바닷물에 김칫거리를 씻고 있다. 텃밭 김장 무 틈에서 솎아 온 어린 무. 바닷물에 담갔다 건져 내면 소금을 뿌리지 않아도 간간하게 저려진다. 난생처음 들어가 보는 바닷물에 숨이 막혔던 것일까. 땅속에서 나왔어도 여전히 빳빳하게 고개 쳐들던 열무들이 이제는 할머니의 고무대야에 숨죽이고 누웠다. 온 나라가 김치 파동으로 뒤숭숭하지만, 섬은 별일 없다.

"테레비서 난리데요. 갈아서 먹으니께 여기는 괜찮어유. 배추도 솎아 묵고."

섬이어도 삽시도는 농토가 많다. 밭농사뿐만 아니라 논농사도 자급할 정도다.

"할머니 어디 묵을 만한 데 있나요?"

"이 동네는 민박할 곳 많아유. 좋은 집 데려다 줄 테니 따라와유."

"할머니 집은 민박 안하세요?"

"우리 집은 별로 안 좋아."

"그래도 할머니 집에 재워 주세요."

할머니는 바닷물에 저려 손수레에 싣고 온 열무로 김치를 담근다. 내일 아침 도시 사는 아들네 집에 꽃게무침과 함께 택배로 부칠 생각이다.

논둑길을 걷는다. 추수철이 코앞인데 들녘의 벼들은 대부분 모로 누웠다. 영글지 못하고 쭉정이로 남은 가을 들녘. 지난 태풍 '곤파스'에 쓰러진 벼들이다. 논뿐이랴. 태풍에 지붕이 날아간 집도 수십 채다. 새로 칠을 한 양철지붕들은 모두 태풍 피해를 받은 것들이다. 논길 끝 뒷말(뒷마을), 어느 집 텃밭이 볏짚으로 덮여 있다. 무얼 심은 걸까.

"마늘을 심었시유."

톳을 널고 빈 수레를 끌고 오던 초로의 여자가 먼저 말을 건넨다. 여자 집도 태풍 곤파스에 날아갔다.

"정부에서 보상이라도 나왔나요?"

"내가 날라갔는디 보상받아유?"

"시집와서 손가락도 잘렸어요"

여자는 내가 운이 없어 내 집이 날아간 건데 보상을 받을 수도 있느냐고 되묻는다. 같은 태풍을 겪은 인근 외연도나 서산 지방은 재해지역으로 지정되어 보상을 받았지만, 삽시도에는 보상이 없었다. 육십여 가구의 지붕이 열리고, 두 가구는 집 전체가 부서져 버렸지만, 재해지역으로 지정되지도 못했다.

"삽시도서 얼마 안 살았는디, 한 삼십 년밖에 안 됐는디, 그래도 지붕 날라간 적은 없었시유."

여자는 뭍에서 시집와 산 서른 해 세월을 짧다고 이야기한다. 섬에서 태어나 살아온 노인들에 견주어 짧다는 것이겠지. 어찌 서른 해 고단한 섬살이를 짧다 하겠는가.

여자는 부여의 무량이란 마을에서 태어났다. 스물아홉 살에 뭍으로 시집와 살던 큰시누이 소개로 남편을 만났다. 그때까지 여자는 베 짜는 일을 했다. 기모노 만드는 베를 짜서 일본으로 수출하는 가내수공업 공장을 다녔다. 문명을 누리던 여자가 섬으로 왔을 때, 섬에는 발전소가 없었다. 자가발전으로 저녁에만 잠깐 전기를 쓸 수 있었다. 집집이 돌아가며 석유를 들고 가서 발전기를 돌렸다. 열다섯 해 전쯤인 1990년대 중반에야 비로소 온전히 전기를 쓸 수 있게 됐다. 여자는 섬에 와 난생처음 불 때서 밥을 하려니 힘들었다. 석유를 때는 화로도 없었다. 섬살이가 하도 힘들어서 몇 번인가 도망칠 맘도 있었다.

"근디 배가 없어서 못 도망가."

여객선 말고는 섬 밖으로 나갈 길이 없었으니, 마을 사람들 눈에 띄지 않게 빠져나갈 방법이 없었다. 여자는 남편과 함께 바다로 나가 김발을 했다. 김이 안 되자 자망 배를 타고 꽃게를 잡으러 다녔다. 그렇게 섬살이에 적응할 무렵 갑자기 남편이 죽었다. 바다에 나갔다가 돌아오는 길에 경운기가 뒤집어져 버린 것이다.

"운이 나빠서 그랬지."

큰아들이 중학교 일학년 때였으니, 벌써 열여섯 해 전 일이다. 그때부터 여자는 혼자 힘으로 세 남매를 먹이고 입히고 가르쳤다.

"세 남매 기르느라 죽을 뻔봤어요."

섬에서 혼자 힘으로 살아온 그 세월이 어떠했을까.

"큰아들은 학교도 안 댕기고, 고등학교 넣었는데 홀랑 도망가고, 그거 붙잡으러 다니느라 울기도 숱하게 울었시유."

근방 섬들이 다 그렇듯이, 아이들은 초등학교를 졸업하면 대천에 나가 자취하며 학교에 다녔다. 부모가 곁에 없으니, 돈은 돈대로 더 들면서 아이들은 아이들대로 고생했다.

"대천읍 피시방으로 잡으러 다니고. 엄마 아빠 떨어져 있으니 애들이 빗나가기 쉽죠. 부모 책임도 있죠. 애들만 보내 놓고 안쓰러워서 돈 달라면 달라는 대로 주고, 모르고도 속고 알고도 속아 주고, 가끔 가면 반간께 잘해 주지. 그런 데서 역효과도 나고."

하지만 아들은 끝내 학교를 그만두고 말았다. 다행히 지금은 산업기능요원으로 군 생활을 하던 그 회사에 취직해서 성실하게 살고 있다. 그렇게 온전하게 제 몫을 살아 주니 고맙고 또 고맙다.

"도둑질 안 하고 경찰서 안 간 것만 해도 어딘디. 그것만 해도 감사하지유."

여자는 아이들 셋 다 착하게 자라 주어서 고맙고 든든하다.

여자가 커피를 타 온다. 잔을 건네는데 손가락이 셋이나 없다.

"시집와서 손가락도 잘렸어요. 그 이쁜 손가락."

두 개는 꽃게잡이 나갔다가 그물 감던 롤러에 잘리고 또 한 개는 그전에 김 양식하다 잘렸다. 그 시절 섬에서는 봉합수술 따위는 꿈도 꿀 수 없었다. 전화벨이 울린다. 옆집에서 멸치 말리는 일 도와주러 오라는 전화다. 돈 있고 힘 있는 사람들은 배도 부리고 사는 게 넉넉하지만, 여자는 갯벌에 나가 바지락도 파고 고동도 잡고 남의 멸치 말리는 일도 다니며 그렇게 살아간다.

여자는 여기 섬사람들과 달리 교회가 아니라 절엘 다닌다. 시집 온 뒤에도 내내 고향 부여의 무량사를 오가며 기도한다. 그 힘으로 외롭고 고단한 세월을 견뎌 왔을 것이다. 잔뜩 주름이 졌으나 여자 얼굴은 보살처럼 편안하다.

"이제 자식들도 다 컸는데, 쉬어 가며 일하고 그러셔야죠."

"그래도 애들 도와줘야죠. 다 줘도 안 아깝죠."

여자는 어미다.

하느님이
일등만 살라 했남

"죽을래 살래 해야 나오지"

썰물의 시간이다. 삽시도 갯벌. 햇빛 가리개를 눌러 쓴 여자들은 서둘러 바지락을 파러 나왔다.

멀리서 보면 갯벌은 평화롭고 고요하지만, 가까이 들여다보면 온통 생존의 몸부림으로 부산하다. 갯지렁이는 톱날 같은 게의 발톱을 피해 재빠르게 펄 속으로 숨어들지만, 이내 꼬리가 잡혀 먹이가 되고 만다. 갯벌 위로 파헤쳐졌으나 호미를 피해 살아남은 바지락 하나. 몸을 꿈틀거리며 다시 펄 속으로 파고든다.

오랜 세월 삽시도 여자들은, 봄부터 가을까지는 바지락을 캐고 겨울이면 굴을 깨서 살아왔다. 하지만 요즈음은 갯벌을 파먹고 살기도 어려워졌다. 부지런히 호미질을 해 보지만, 바지락은 쉽게 나오지 않는다. 나오는 것도 너무들 잘다.

"죽을래 살래 해야 나오지."

2008년 태안 앞바다 기름 유출 사고 이후, 삽시도 갯벌도 죽었다가 이제 겨우 다시 살아나고 있다. 온전히 되살아나려면 얼마나 더 많은 시간이 흘러야 할 것인가.

"멍청도 사람들은 입에 떠 넣어 줘도 입을 닫으려고만 하니 못 살지. 굴도 안 들고 조개도 많이 없어졌어요. 물 위에만 있지. 물 아래는 돌팍 자체가 썩었어요. 기름 거석하고는 조개 팔 곳이 없어졌소. 그전에는 30킬로그램도 파고 그랬는데 지금은 10킬로그램도 어려워. 보상이 어디 있나요. 그때 일한 품삯도 아직 다 안 줬어요."

갯벌이 죽었지만, 삽시도에는 기름 유출 책임이 있는 삼성이나 정부에서 손해배상도 보상도 전혀 해 주지 않았다.

"섬사람만 불쌍한 거요. 그런다고 데모를 하러 가나."

기름 유출 사고가 났을 때, 삽시도 해변도 온통 기름 범벅이었다. 사고 나던 해 12월부터 이듬해 10월까지 날마다 방제 작업을 하러 다녔다. 몇 푼 되지 않는 일당이었지만, 그마저 일부는 나오고 일부는 아직도 감감무소식이다.

게다가 이번 태풍 곤파스 때 입은 피해에 대한 보상도 전혀 없다.

"여긴 태풍 왔어도 시장이고 누구고 한 사람도 안 찾아왔어요. 외연도만 뚝 떨어져 불었간요. 서산만 불었간요. 바람이 다 지나갔는디. 바람이 삽시도 지나야 서산까지 가는 거요. 거기는 특별재해 내리고."

서산이나 외연도뿐만 아니라 삽시도를 비롯한 여러 섬들도 태풍으로 큰 피해를 보았다. 하지만 외연도나 서산은 특별재해지역으로 지정돼 보상을 받았는데, 삽시도 같은 섬들은 제외되었다. 이 또한 전시행정의 표본이다. 언론에서 떠드는 곳만 재해지구가 되고 나머지는 같은 피해를 입었어도 스스로 감내하며 속만 끓일 뿐이다.

점입가경. 태풍에 벼농사를 망쳐 버렸는데 벼 수매도 일등품만 받는다 한다. 삽시도 논에서 나올 일등품 벼는 없다.

"매상도 일등만 받는다 하요. 일등 벼가 있나? 없지. 농사짓는 사람 차원에서 그냥 받아줘야지. 일등이 됐건 이등이 됐건. 하느님이 일등만 살라 했남."

죽자고 노력해도 먹고살기 점점 어려워지는 세월이다.

"먹고 사는 것도 힘든디, 애들 갈칠라께 더 힘들제. 국민이나 새끼나 마찬가지니까, 나라에서 거둬 주고 보듬어 주고 해야 살지. 느그들 알아서 살아라 하니 살 수가 있어야 말이제. 농민들 피해 봐도 와 보도 않고, 시장 집 안방에다 비 좀 들이붓지. 하느님도 참. 세금은 낼 거 다 내는데 즈그 할 도리는 안 하고."

"아이고, 갈비뼈가 딸려 들어가네"

이야기를 하면서도 여자는 호미로 갯벌을 판다. 여자의 큰아들은 군 복무를 마친 뒤에 취직이라도 해 보겠다고 무작정 상경했다. 하지만 여전히 무직자다.

"홀랑 바람에 날아가 버렸으니 줄 돈이 어디가 있나. 돈도 못 줘서 보냈는디. 우리 아들은 '굶어 죽지 않으게 걱정 마시오' 해도 걱정이제. 왜 걱정이 없겠소."

태풍에 모든 것이 날아갔다. 지붕도 날아가고 양식장도 날아갔다. 섬사람들 희망도 날아갔다.

"아이고, 갈비뼈가 딸려 들어가네. 돌밭이라."

이 갯벌에는 펄보다 돌들이 더 많다.

"한번 바람으로 혼냈으면 그만 혼내야지. 끝끝내 혼내기만 하시고. 하느님도 야박하시지. 여름내 비까지 오시고. 갯벌도 비와 싸면 못 해 먹지."

비가 너무 많이 와도 갯벌에는 해롭다. 갯벌 생물들은 적당한 염도가 있어야 번성한다.

"섬사람들 못 살겠어요. 젊은 사람들이 왜 나갈라고 하겠어요. 요렇게 힘드니, 요렇게 살라 하면 누가 애 낳고 살라 하겠나."

기본적인 복지나 생활 보장도 없이 무조건 애만 낳으라는 정부에 대한 야유다.

"우리도 나가야 하나? 나가도 뭘 할 줄 알아야지."

그 또한 빈말이지, 나가면 반겨 줄 곳이 어디 있으랴.

"이거라도 해서 돈 벌어야 전화세도 내고 전기고 안 끊기지. 그리 사요."

눈으로
포도씨 까듯 일했슈

"우리 이모 팔십 먹었어도 새댁 같혀"

서산에서 벌말 행 시내버스를 탔다. 대산 읍내를 지나자 얼마 뒤, 웅도 입구라는 이정표가 보인다. 노인 십여 명이 우르르 내린다. 나그네도 따라 내린다. 같은 마을 사람들끼리 어디 잔칫집이라도 다녀오는 길일까. 여럿이 모이면 그중 분위기를 이끄는 사람이 있게 마련이다. 길을 걷는 내내 키가 작고 허리 꼿꼿한 할머니 한 분이 전후, 좌우를 오가며 말을 걸고 객쩍은 소리로 사람들을 웃긴다. 언뜻 보기에는 일흔도 안 돼 보이는데 여든둘이란다.

할머니는 오늘 기분이 좋다. 버스를 타고 오는데 옆자리에 앉은 다른 동네 할아버지가 수작을 걸어왔단다.

"나한테 시집오라고 혀. 미쳤나 시집을 가게. 당신한텐 안 가유, 그랬지."

"좋은 줄 알아. 팔십 넘어서 그런 프러포즐 다 받고."

함께 걷던 할머니가 한마디 거들자 노인들이 다들 죽어라 웃는다.

그러자 또 다른 할머니 한 분이 끼어든다.

"거기가 우리 이모부유. 넘보지 마슈. 우리 이모 사닥(새댁) 같혀. 팔십 먹었어도 깡깡 하구만."

"좋다 말았구먼."

길가에 한 번 더 웃음꽃이 크게 터진다.

노인들은 모두 배낭에 새해 달력을 하나씩 넣었다. 어디 농협에서 얻어오는 것일까?

낮인데 길가 집 굴뚝에서 연기가 피어오른다.

"저 집 제사 지내려고. 엿 고네."

제사 지내는데 엿을 만드는 것은 이 지방의 오래된 풍습이다. 옛날에는 우리나라 어느 지방이나 명절 때면 집집이 물엿을 만들어 떡에 찍어 먹었다. 이 지방에서는 명절만이 아니라 제사 때에도 엿을 고아 올리는 풍습이 있다. 조상님도 떡을 엿에 찍어 잡수라는 뜻일 게다. 하지만 요새는 제사상에도 대부분 엿을 사다 올리지 직접 엿을 만드는 집은 드물다. 그런데 저 집은 정성껏 불을 때 엿을 곤다. 가마솥에서 펄펄 끓고 있을 물엿을 생각하니 입안에 침이 고인다.

함께 읍내 다녀온 노인들은 길 중간에서 다들 각자 집으로 돌아가고 길에는 프러포즈를 받은 할머니만 홀로 남았다.

"다들 어디 잔칫집에 다녀오세요?"

"전기세 내러 댕겨오는 길이유."

이런! 어디 결혼식이라도 단체로 다녀오나 싶었는데, 전기세 하나 내려고 마을 사람들이 함께 모여 읍내 다녀오는 길이란다. 다들 새마을금고에 전기세를 내고 왔다. 꼭 전기세 때문만이겠는가, 핑곗김에 읍내 나들이도 하고 새해 달력도 얻어 오기 위해 나섰던 길이겠지.

할머니는 마을 사람 하나를 빼놓고 갔다 온 것이 못내 마음에 걸리는 모양이다. 자신만 빼놓고 갔다고 서운해할까 봐 걱정이다. 그 마음의 온기가 전해져 나그네 가슴까지 따뜻해진다.

"우리 아들들은 담배를 끊어서 예뻐"

썰물의 시간. 웅도로 가는 물길이 열렸다. 웅도는 섬이지만, 여객선이 다니지 않는다. 웅도는 곰섬이다. 마치 곰이 웅크려 앉은 모양과 닮았다 해서 붙여진 이름. 웅도는 또 달섬이다. 달은 하루에 두 번씩 바닷물을 당겼다 놓아준다. 달이 물을 놓아주면 웅도는 섬이 되었다가 물을 끌어당기면 뭍이 된다. 달은 웅도를 하루 두 번씩 뭍에서 섬으로 또 섬에서 뭍으로 만드는 섬의 수호신이다. 달이 물을 끌어당기면 웅도와 육지 사이에 길이 생긴다. 웅도 사람들은 달이 바닷물을 힘껏 붙들고 있을 때, 자동차를 타거나 걸어서 뭍 나들이를 한다. 사람들이 서산 읍내나 서울을 다녀오고 나면 달은 손에 쥐고 있던 바닷물을 가만히 놓아준다. 그러면 웅도는 다시 섬이 되고 사람들은 안식을 얻는다.

웅도 초입 댕편마을을 지나 큰 마을을 걷는다. 여기도 곳곳에 가리비 껍질들이 벼 낟가리처럼 쌓였다. 웅도는 굴의 고장이다. 가리비 껍질은 굴 양식에 쓰인다. 고갯길을 오르면 큰골마을이다. 큰골 고갯마루의 외딴집, 텃밭에서 할머니는 김장에 쓸 쪽파를 뽑고 있다.

"다 뽑아서 너무 쓱쓱 뽑아 줘서 딸 주고 며느리 주고 했드니 너무 없어. 조금 남겨 둘 걸."

쪽파뿐이겠는가. 할머니는 평생 자신의 모든 것을 쓱쓱 뽑아 자식들에게 나눠 주었다. 할머니는 스물에 서산 지곡에서 웅도로 시집왔다. 꽃다운 처녀가 어느새 일흔다섯 노인이 되었다. 지금은 갯벌 사이로 시멘트 도로가 났지만, 그때는 돌다리가 있었다. 작은 징검다리였으니, 물이 조금만 들어와도 건너지 못했다. 마을 사람들처럼 할머니도 우마차를 끌고 다니며 조개를 캐다 젓갈을 담가 젓갈 장사한테 팔아서 생활했다.

"너나없이 고생 많이 했지. 눈으로 포도씨 까듯이 일했시유. 물 빠졌을 때 몇 시간 얼른 해야 하니께 정신없이 조갤 팠지유. 그걸 젓 담아 놓으면 돈이라고 얼매나 되나."

할머니는 조개 파서 젓갈 담고 낙지도 잡아 여섯 남매를 키웠다. 세 해 전, 갯벌에 자동차가 다니는 자갈길이 난 뒤, 할머니도 우마차를 없앴다. 할아버지는 십 년 전에 돌아가셨다.

"일찍 가시던걸요. 살기 싫다고. 몸이 괴로워서 돌아가셨슈."

폐암이었다. 늦게 발견해서 수술도 할 수 없었다.

"여섯 달 산다고 하더니 열 달 살다 가셨슈. 담배 많이 잡수고 술 많이 잡수고 젊어서는 그랬지유. 그게 좋은 건줄 알고. 남자들이 아주 미련해유. 우리 아들들은 담배를 끊어서 예뻐."

지금이야 해산물값이 좋아 조개나 굴, 낙지가 큰돈이 되지만, 예전에는 웅도 사람들도 갯벌을 파서 겨우 밥이나 굶지 않을 정도였다. 갯것보다 쌀이 더 가치 있던 시절이었다. 그래서 자식들을 제대로 공부시키지 못한 것이 한이다.

"애들을 갈치지도 못 했대유. 돈 없어서 못 갈쳤지유."

지금은 갯벌에서 나는 소득이 아주 높다.

"솔직히 얘기해서 잘 벌지유."

여전히 할머니도 조개를 캐러 다닌다. 하루 70킬로그램도 하고 80킬로그램도 한다. 젊은 사람들은 120킬로그램까지도 캔다. 하루 20만 원 벌이가 거뜬하니 황금 갯벌이다. 올해는 낙지가 많이 안 나와서 그렇지, 주민이 낙지를 잡아 버는 소득 또한 쏠쏠하다.

"낙지 잡아 하루 사오십만 원씩 벌고, 잘 잡는 사람은 몇 달 동안 몇천만 원도 벌어유."

그런데 이 바다에 조력발전소가 들어설 거라는 흉흉한 소문이 돈다. 조력발전소가 들어서면 황금 갯벌이 사라져 버릴 것이다.

"좋을 거 뭐 있겠시유. 물이 쭉 안 빠지니까 절단 나지유."

대안 에너지라는 탈을 쓰고 있지만, 조력발전소 또한 바닷물을 막아 세우는 댐에 불과하다. '토건 마피아'들이 뭍에다 더는 댐을 세울 자리가 없으니 이제 바다까지 망치려 든다. 발전소를 막아 얻을 이익보다 갯벌에서 나는 이득이 한없이 더 크다. 그런데도 새만금 갯벌을 죽이고 4대강을 절단 낸 토건 마피아들은 이제 웅도 어민들 삶의 터전까지 빼앗으려 한다. 대대손손 물려줄 가로림만 갯벌이 죽음을 맞이할 날도 얼마 남지 않았다. 할머니는 그게 가장 큰 걱정이다.

삶은 매 순간이
꽃이다

"고맙습니다, 고맙습니다"

손죽도는 여수의 섬이다. 손죽도 사람들은 아무리 허름한 집일망정 정원에 나무나 꽃을 가꾸며 산다. 골목을 오르는데 유난히 정원이 아름다운 집이 한 채 있다. 마당을 기웃거리자 안주인이 나와서 반긴다. 정원은 같은 동네 사는 친정어머니 솜씨다. 어머니는 나무 가꾸는 것을 돈보다 좋아한다. "다른 할매들이 밭일할 때, 어머니는 나무 가꾸는 데에 열성"이다. 안주인은 어머니 집으로 나그네를 안내한다. 마을과 바다와 산들이 훤히 내려다보이는 언덕배기, 손죽도에서 가장 전망 좋은 집이다.

마당에 들어서자 할머니 집 마당은 뜻밖에도 소박하다. 잘 가꿔 온 나무들은 모두 딸에게 줘 버렸다. 할머니는 불쑥 찾아온 나그네를 반긴다.

"오늘 연락선으로 들어오셨습니까. 우리 손죽도가 휜합니다."

할머니는 손죽도를 찾아와 준 나그네에게 거듭 고맙다는 인사를 한다. 창졸간에 나그네는 귀빈이 되어 버렸다.

"가실 곳이 없어서 이곳에 와 주셨겠습니까. 고맙습니다. 우리 손죽도에 와 주셔서."

할머니는 처녀시절부터 나무며 돌들을 좋아했다.

"처녀 때부터 나무도 좋고, 남들은 갯바위 김 뜨러 가지만, 김 그런 거 덜 뜨고, 나는 갯바위 근처에서 나무 하나씩 미고 왔습니다."

결혼한 뒤에도 나무와 돌을 수집하는 취미는 계속됐다. 나무나 돌들을 봐 놓고 와서 남편에게 부탁하면, "자네는 그런 취미나 하고 사소, 나는 필요 없네" 하면서도 들어다 주곤 했다.

지금 시각으로 보면 나무를 캐고 돌을 집어 오는 것을 자연 훼손이라 말할 수 있을 것이다. 하지만 그 시절 어떠한 문화 혜택도 받을 수 없는 이 절해고도에서 그런 취미라도 없었다면, 그 모진 세월을 어찌 견뎠을까. 나무나 돌들을 캐다 팔아먹은 것도 아니고 집을 가꾼 것뿐이니, 그걸 너무 탓하지는 말자.

할머니는 손죽도가 고향이다. 여태껏 여객선 항해사를 하는 할아버지는 여수 개도가 고향이다. 태어나 일흔 해를 섬에서만 살았다. 남편을 처음 만난 것은 처녀시절 여객선을 타고 다닐 때였다.

"객선을 타고 가다가 인연이 될라께 만났지요."

말 잘하고 넉살 좋고 친절한 여객선 총각 선원은 손죽도 처녀에게 마음을 빼앗겨 여객선 안에서 연애를 걸었다.

"점잖은 스타일이 아니었습니다."

하지만 여객선을 타고 여수를 오가며 처녀도 차츰 선원 총각한테 마음을 열었다.

"잘해 주니까 점차 정이 가더라고."

"돌김이라도 있으면 디릴 텐데"

결국 두 사람은 결혼하고 처녀의 친정집에 살림을 차렸다.

"아저씨가 쾌활하고 인정 많아서 아들보다 잘했어라우. 배에 다니면서 열심히 해서 상도 받고."

부둣가에서 할아버지를 만날 수 있을 테니 한번 찾아보란다.

"어벌쩡하고 말씀 잘하는 분이 아저씨요."

할머니는 무언가 먹을 거라도 내놓고 싶지만, 그러지 못하는 것이 못내 아쉽다.

"와 주십시오 해도 안 오실 텐데 이렇게 와 주시고 너무도 고맙습니다. 여수서 안 사다 놓으면 과일 하나 없어요. 과일이라도 있을 때는 손님이 안 오시고."

괜찮다고 말해도 할머니는 내내 미안하다.
"우리 집이라고 왔는데 돌김이라도 있으면 디릴 텐데."
과일 없고 돌김 말려 놓은 것도 없는 게 잘못이라도 되는 양 할머니는 내내 어쩔 줄 몰라 한다. 옛날 어릴 적, 나그네가 섬에 살 때도 그랬다. 할머니는 육지서 오는 방물장수며 엿장수들을 먹이고 재워 보내셨다. 모르는 사람일지라도 손님을 귀하게 여기는 것이 섬의 풍습이고 인정이었다. 관광지가 된 섬에서는 사라져 버린 풍습이지만, 아직도 인적이 드문 외딴섬에서는 나그네를 귀하게 여기는 풍습이 남아 있다.

요즘 손죽도에는 뭍에서 들어와 사는 사람이 더러 있다. 대부분은 고향으로 돌아온 은퇴자들이지만, 그중에는 친구 따라 낚시 왔다가 눌러앉은 사람도 있다. 서울에서 살던 사십대 부부도 최근에 이주해 와 낚싯배를 운행하며 살아간다.
"얼마나 이쁩니까. 밥 먹고 살면 되죠."
그렇다. 다 밥 먹고살자고 사는 세상 아닌가. 밥 먹고 살 수만 있다면 섬이라고 무엇이 다르랴. 많은 사람이 도시에 살지만, 그들 또한 밥벌이를 위해 직장이라는 섬에 갇혀 살지 않는가. 인사를 하고 돌아서는데 할머니가 굳이 대문 밖까지 따라나와 배웅한다.

"진짜 와 주셔서 감사합니다. 다음에 또 오실 수 있으면 와 주세요."

할머니 인사가 벚꽃처럼 환하다. 꽃 시절은 짧아도 삶은 매 순간이 꽃이다.

바다에서 건진 돈은
물거품이 되더라고

촬영장의 시대

인천의 섬 신도는 인천국제공항이 있는 영종도 삼목선착장에서 지
척이다. 신도 부두에서 나그네의 눈길을 가로막는 것은 부동산과 드
라마 촬영장과 펜션 간판들이다. '풀하우스' 등 한류 바람을 탄 드라
마 촬영장이 있는 탓에 부두에는 일본이나 중국 관광객이 한국 관광
객만큼이나 많다. 여행사를 거치지 않고 개별적으로 촬영장을 찾는
외국인도 적지 않다.

대체로 섬에 오는 사람은 두 부류다. 하나는 풍경을 따라오고, 다른
하나는 의미를 찾아온다. 풍경을 따라오는 사람은 섬의 겉모습에 이

끌리고, 의미를 찾아오는 사람은 섬의 내면에 매혹된다. 하지만 어느 쪽이든 자동차를 타고 서둘러 왔다가 서둘러 떠난다. 서두르지 않는 사람도 대개는 섬에 몰입하기보다는 놀이나 식도락에 몰두한다. 그러므로 사람들은 섬에 와서도 섬을 보지 못한다.

섬을 제대로 보고 느끼는 방법은 걷는 것이다. 신도에서 모도까지 걷는다. 신도와 시도, 모도 세 섬은 나란하다. 세 섬은 다리로 나란히 연결됐으니 이미 한 섬이다.

이들 섬에는 각기 드라마 촬영장과 영화 촬영지가 있다. 드라마나 영화 촬영장이 관광 상품으로서, 가치 있는 것은 사실이지만, 풍광 좋은 해변마다 촬영장이 들어서고 그것들이 마치 섬을 대표하는 문화처럼 선전되는 것은 우스꽝스러운 일이다. 오래된 섬살이의 흔적들은 증발해 버리고 가상의 드라마가 현실의 자리를 대체해 버렸다.

선사시대부터 사람이 살아온 수천 년 역사의 섬에서 고작 내세울 것이 멜로드라마나 영화 촬영장뿐이라면 그것은 코미디다. 촬영장은 우리 문화의 저급함을 드러내는 전시관에 불과하다. 저런 촬영장들이 대체 몇 년이나 가게 될까.

극이 끝나면 관객은 떠난다. 자치단체에서는 그저 전시 행정과 눈앞에 보이는 성과에 급급해 촬영장 만드는 일을 열심히 지원하지만, 정작 섬에는 섬 역사를 보여주는 어업 박물관 하나 없다.

사람만한 민어가 잡히던 바다

신도1리 민박집에서 하룻밤 묵는다. 주인 할머니는 이른 아침 갯벌에 나가 주워온 굴을 깐다. 갯벌에는 굴과 바지락, 삐죽, 가무락(모시조개) 따위가 널렸어도 채취하는 사람은 드물다.

"조개가 아무리 많아도 팔 줄 모르는 사람은 못 캐요. 조개 눈을 알아야 하는데 조개 눈을 모르니까."

조개 캐는 데도 기술이 있어야 한다. 갯벌에 숨어 있는 조개를 누구나 캘 수 있는 것은 아니다. 마을엔 온통 노인뿐이니 조개를 캐는 사람도 드물다. 노인들은 대부분 자녀가 보내온 용돈이나 생활보조금으로 살아간다. 신도나 시도, 모도에는 펜션이 많다. 영종도에 공항이 생겨 육지와 교통이 쉬워진 탓도 있지만 그보다는 드라마 촬영지로 섬이 유명세를 치르면서 갑자기 관광객이 늘어난 때문이다. 그래도 주민 가운데 관광업 종사자는 많지 않다. 신도3리 쪽은 논농사가 주업이다. 지금도 몇 집은 어선을 부리지만, 스무 해 전 신공항을 짓기위해 갯벌을 메우면서 어장이 죽었고, 신도 어업은 급격히 쇠퇴해 버렸다.

할머니는 용유도 을왕리가 고향이다. 시집와서 서른여섯 해 동안 신도에서 살았다. 옛날에는 이 섬에도 조기잡이 배들이 많았다. 신도1

리 마을에 지금은 서른 가구뿐이지만, 한때는 백칠십 가구까지 산 적도 있다. 선원 열 사람을 부리는 중선배도 열일곱 척이나 있었다. 중선배들은 조기 철이면 연평도 근해로 나가 조기를 잡았다. 또 신도 앞바다에서는 민어를 잡았다. 시아버지는 중선배를 두 척이나 부리는 큰 선주였고, 인천에 상회까지 가진 부자였다. 그때는 신도가 부천군에 속할 때였고, 시아버지는 부천군 어업조합 이사를 지낼 정도로 유지였다.

"시아버지가 이 앞바다에서 민어를 잡았어요. 사람만한 거 배로 한 가득 잡고 그랬지요. 큰 건 아주 컸어요. 그 냥반 굵고 짧게 사시다 가셨지."

여자는 대단했던 시아버지가 여전히 자랑스럽다. 하지만 시아버지가 병에 걸리면서 가세가 급격히 기울었다. 여자는 남편과 함께 꽃게잡이를 다녔다. 인천 앞바다에 있는 섬은 가 보지 않은 곳이 없다.

"꽃게 잡으러 문갑도까지 갔어요. 이십 년 전에는 꽃게잡이로 돈 엄청나게 벌었어요."

꽃게는 가을에 잡고 겨울에 잠깐 쉰 뒤 봄부터 유월까지 또 잡았다. 칠팔월은 산란철이라 금어기. 꽃게잡이 때는 한사리 동안 배에서 생활하다 잠깐 집에 다녀오고는 내내 바다에서 살았다. 덕적도 근해에서 꽃게를 잡으면 덕적도 독강으로 운반선이 실으러 왔다.

좋은 물건은 전부 일본으로 갔다. 바다에서 나오는 것은 모두 그랬다. 운반선에 실려 인천연안부두로 보내진 꽃게는 저온창고에 들어가면 서서히 겨울잠에 빠졌다. 동면에 든 꽃게를 톱밥에 넣어 포장한 뒤, 김포공항을 통해 일본으로 실어 보냈다. 일본 도착할 즈음이면 기온이 올라가 꽃게도 겨울잠에서 깨어 다시 살아났다.

어느 해인가는 한철 꽃게를 잡고 인천 상회로 돈을 받으러 갔는데, 돈이 어찌나 많은지 상회에서 사람까지 딸려 택시에 태워 주기도 했다. 하지만 그렇게 모은 돈은 오래가지 못했다.

"바다에서 건진 돈은 물거품이 되더라고요. 재산이 안 돼요. 이상하게."

돈을 벌면 더 큰돈을 벌기 위해 더 많이 투자했다. 어구를 사들여 어장 규모를 키우는데 번 돈을 다 썼다.

그런데 어느 때부턴가 꽃게가 잘 잡히지 않았다. 그래도 쉽게 포기하지 못했다. 올해는 들겠지, 내년엔 들겠지 하는 기대를 버릴 수 없으니 투자를 멈출 수도 없었다. 그러다 열다섯 해쯤 전부터 꽃게가 아주 안 들었다. 그동안 벌어 놓은 돈은 물거품처럼 사라졌다. 너도나도 어장 규모를 키우고 어린 꽃게까지 싹쓸이하다 꽃게마저 씨가 말라 버린 것이다. 그러다 김발을 하고 김 공장을 했지만, 그마저도 접었다. 이제는 갯벌에서 굴과 조개를 캐고 민박을 치며 살아간다. 큰돈은 못 벌지만, 할머니는 그래도 지금이 더없이 편안하고 만족스럽다.

아들이 장동건이같이
잘생겼어요

바다 양식장의 파수꾼 백구

보령시 효자도는 어미 섬 원산도와 지척이다. 마주 선 두 섬 사이의 바다는 마치 강처럼 폭이 좁다. 원산도에서 출항한 여객선이 뱃머리를 돌리는가 싶더니 금세 효자도 부둣가에 닿는다.

섬 안길로 들어서자 제법 너른 들이 나타난다. 분지처럼 보이지만, 이 들판은 원래 갯벌이었다. 백여 년 전, 주민이 간척해서 논으로 만들었다. 수산물보다 쌀이 귀하던 시절의 유물이다. 오늘 효자도 들판의 벼들은 다들 모로 누웠다. 태풍에 쓰러진 벼들. 허리가 꺾여 일어설 수 없으니 누운 채로 익어 간다.

논길을 가로질러 작은 오솔길을 지나면 섬의 뒤안, 명덕마을이다. 갯돌 해변이 있는 마을 앞바다에는 우럭 가두리 양식장이 많다. 우럭 양식장에 위에 떠 있는 수상 가옥 한 채. 양식장 관리사들은 대체로 네모난 컨테이너를 그대로 가져다 두게 마련이지만, 이 컨테이너는 제법 꼴을 갖췄다. 양철지붕에 용마루까지 올렸으니 품격 있는 어엿한 집이다. 주인이 멋을 아는 사람이리라. 문 앞에는 하얀 개 한 마리가 우두커니 서 있다. 양식장의 파수꾼. 녀석은 주인 없는 양식장을 지키며 종일 바다만 본다.

이 마을도 한창 멸치 철이다. 봄에는 실치를 잡고 가을이면 멸치를 잡는다. 봄철 실치잡이도 사월 한 달이듯이 가을 멸치잡이도 한 달 남짓이다. 멸치 떼는 추석 무렵에 몰려 왔다가, 찬바람이 불면 순식간에 사라져 버린다. 따뜻한 남쪽 바다를 찾아가는 것이다. 멸치 철이 지나면 또 한동안 갑오징어와 주꾸미, 꽃게가 든다. 허나 이 또한 잠깐이다. 조금 젊은 축에 드는 주민은 대체로 대천과 효자도에 두 집 살림을 한다. 어장 철에는 주로 섬에 들어와 살고, 비어기 때나 쉴 때는 대천으로 간다. 섬이 직장이나 다름없다. 아이들도 모두 대천에 있는 학교에 다닌다.

멸치는 잡는 대로 배 안에서 삶는다. 그래서 작은 어선은 부부가 이인 일조로 작업한다. 남자가 그물을 올리면 여자가 삶는다. 뭍으로 운반해 오는 사이 물기가 빠지면 널어서 말린다.

멸치의 주인일까. 여자는 대빗자루 하나를 들고 말라가는 멸치를 뒤적이고 있다. 잘 마르라고 뒤집어 주는 것이다. 잘 마른 멸치는 새우와 꼴뚜기 같은 잡어를 골라낸 뒤 체로 깨끗이 쳐서 포장한다. 멸치 그물은 하루 두 번 물때에 맞춰 거두러 간다. 들고나는 물때 따라 사람도 들고난다.

그래도 봄 한 달 실치잡이로 일천만 원, 가을철 한 달 멸치잡이로 또 일천만 원가량 소득을 올리니 "잠을 못 자고 사람 꼴은 아니어도" 고소득이다. 실치는 삶지 않고 바로 떠서 말리지만, 멸치는 삶아서 말리니 공정이 더 까다롭다.

비어기 때에는 살조개나 바지락을 캐거나 굴을 깬다. 여자는 바다일 뿐만 아니라 농사도 짓고 수도 검침원 일까지 겸하니 도대체 쉴 틈이 없다. 남편은 어장을 보지 않는 때는 낚싯배를 운행한다. 많이 버는 것 같지만, 정작 쓰자고 들면 쓸 게 없다.

"대천 같은 데 나가면 돈 우습게 나가요."

바다에서 벌어다 뭍에서 다 쓴다. 초등학교와 중학교는 큰 섬 원산도까지 통학선이 오고 가지만, 고등학교부터는 대천에서 다녀야 한다. 여자는 지금 대천에도 집이 있다. 그러나 여자의 아이들이 자랄때는 대천에서 저희끼리 자취하며 학교에 다녔다. 지금은 아이들도 다 커서 직장에 다닌다. 소득이 되니 섬에는 젊은 사람이 많은 편이다. 여자도 이제 쉰셋. 아이들이 다 컸어도 결혼시킬 일이 남았다.

"여워 주는 게(결혼시키는 것이) 고생이죠. 책임이고. 짝지어 갖고 집이라도 장만해 줘야죠."

"우리는 놀러 한번 못 가고 버는데, 자식들은 그게 아니잖아요"

그래서 여자는 지금도 쉬지 않고 일한다. 인천에서 태어나고 자라서 섬으로 시집온 뒤에는 여행이란 걸 가 본 적도 없다. 처음 섬에 왔을 때는 김발(김 양식)을 했다. 난생처음 해 보는 바다 일도 일이지만, 무엇보다 힘든 것은 목욕을 할 수 없다는 점이었다. 그래도 그런 것이야 살면서 조금씩 적응했으나, 아이들이 아프기라도 하면 달리 방법이 없었으니 가슴이 미어터졌다. 지금은 섬에 목욕탕도 생기고 보건소도 생겨서 제법 살 만해졌다. 여자는 이제 섬사람이 다 됐다. 섬살이가 아주 재미있기까지 하다. 여자는 외항선원인 작은아들을 자랑하고 싶어서 입이 간지럽다.

"장동건이같이 잘생겼어요."

아들은 외항선원으로 병역 대체 복무하며 병역 의무를 마쳤다. 지금은 이등항해사 시험을 준비하고 있다. 군대에 가지 않는 대신 삼 년 동안 꼬박 배를 타야 했지만, 돈을 제법 버니까 군대 가는 것보다는 생활에 보탬이 되었다.

그렇지만 아들이 외항선을 타면서 씀씀이가 헤퍼진 것은 걱정이다. 여자는 아들이 자랑스럽기도 하고 걱정스럽기도 해서 마음이 복잡하다.

"선원들이 외국 사람들이라 애가 잘못 풀렸어. 말하는 것도 그렇고 예의가 없어요. 배 타기 전에는 안 그랬는데 색싯집에도 가고. 외국에 입항했을 때, 술 먹으러 가면 자기만 빠질 수 없다 해요. 저는 맨날 술만 먹을 뿐이라지만, 그게 그런가요. 남자들은 다 똑같지."

증거가 있어서 하는 소리다. 여자는 휴가 나온 아들 때문에 깜짝 놀랐다.

"가방을 정리해 주는데 콘돔이 있더라고. 벌써 이런 나이가 됐나."

여전히 애기 같기만 한데 "우리 아이가 다 컸구나" 싶었다. 여자는 아들이 벌어 온 월급을 거의 모두 적금에 들어 뒀다. 아들은 일 년에 두 달 휴가를 나왔는데, 그럴 때면 회사에서 휴가비로 오백만 원씩 받았다. 하지만 아들은 그것도 모자라 집에다 손을 벌리곤 했다. 여자는 못내 속상했다.

"엄청나게 속을 썩였어요. 우리는 어디 놀러 한번 못 가고 버는데, 자식들은 그게 아니잖아요."

그나마 큰아들은 걱정을 끼치지 않아서 다행이다. 보일러 수리공으로 일하는 큰아들은, 성당에 다니며 병원이나 양로원을 찾아가 봉사활동도 열심이다.

"작은놈보다 인물은 빠지지만, 착하고 성실해요."

사람이 다 가지고 살 수 없다는 것을 여자는 잘 안다. 그래서 조금은 걱정이지만, 자식들이 나쁜 길로 새지 않고 사는 것만도 큰 행복이다. 그래서 여자는 오늘도 하염없이 멸치를 말린다.

조개가
삶아 논 것마냥 안 커요

천수만은 호수처럼 잔잔하다. 파도가 거의 없어 평화로울 듯싶지만, 이 바다야말로 무서운 바다다. 8미터가 넘는 조수 간만 차로 조류가 거세다. 그 때문일까. 오천항을 출항한 여객선은 바다를 가로질러 가지 못하고 물살이 약한 해안가를 따라 조심스레 항해한다.

충남 보령시 육도. 할머니 네 분이 골목 담장에 기대앉아 살조개와 삶은 고동을 까고 있다.

"옛날 노인들은 이걸 '눈멀었데' 라 했어. 빼서 만져 봐. 독(돌) 같지. 딱딱해."

노인들은 '눈멀었데' 같은 작은 고동을 잡아 돈벌이한다. 지금은 이십여 가구만 남은 섬이지만, 지난날 육도는 어업으로 성시를 이루

던 시절이 있었다. 주변 섬이나 뭍에서까지 배를 타러 왔다. 하지만 요즘에는 조개조차도 귀해졌다.

"조개도 옛날 같지 않고. 크도 않고 밤낮 자디잘아유. 원래 이게 물물이 크는 건데 밤낮 봐야 콩알 같아. 삶아 논 것마냥 안 커요."

보름 한 물때마다 몰라보게 씨알이 굵어지던 것이 이제는 삶은 조개처럼 아예 클 생각을 하지 않는다. 근처에 있는 보령화력발전소에 나오는 매연 때문이다. 나무들도 시들시들하다가 썩어 주저앉는다. 밭작물도 제대로 자라는 것이 없다.

"한전 없을 때는 파가 그렇게도 잘 됐는데 다 죽어유."

고구마, 조, 콩 같은 작물도 심으면 말라죽어 버린다. 해초들도 살아남은 게 없다.

"전에는 청각 같은 것들이 바닥에 쫙 깔렸었는데, 이제는 다 죽고 남아 있는 게 없시유."

도로 포장한 시멘트 바닥도 시커멓게 썩어 간다. 수백 년 된 팽나무도 병들고, 노인들이 까고 있는 조개도 싱싱해 보이지 않는다.

"조개도 오염됐어. 살따구가 하해야 하는디 시커매."

요즈음 섬에는 더 큰 우환이 생겼다. 갑상선 환자가 눈에 띄게 느는 것이다. 아침에 집 밖으로 나오면 구토가 나올 정도로 역겹다.

"연탄가스 냄새 같아유. 인구가 몇 안 되니께 한전에 말해 봐야 콧방귀도 안 껴유. 니들은 여서 살다가 병들어 죽어라 그거지유. 얼마나 분하고 억울하겠슈. 여기 사람들은 전부 다 홧병이 생겼슈. 한전 들어서고 다들 없던 병이 생겼슈."

당뇨병 환자며 고혈압 환자도 늘었다.

"젊은 사람들도 다 혈압약 먹어유."

화력발전소에서 석탄이 연소할 때 각종 분진 따위의 공해가 발생한
다. 실제로 이 섬뿐만 아니라 보령화력발전소 인근 마을에는 암 환자
수가 부쩍 늘었다. 발전소 주변 5킬로미터 이내 지역에 "암 환자가 마
을마다 일고여덟 명 있는 것은 보통이고 심지어 열한 명에 달하는 곳
도 있다"고 주민은 증언한다.

가로등이 들어오고 불빛 아래 늦도록 조개를 까던 노인들. 모처럼
섬을 찾은 나그네에게 속말들을 쏟아 내니 마음이 조금 풀리기라도
했을까. 못 깐 조개는 그대로 골목길에 놔두고 집으로 돌아간다.

밤새 저리 두어도 훔쳐갈 사람 하나 없으니, 발전소에서 나는 매연
만 없으면 섬은 천국이다.

빚도 다 갚고 살 만하니까
덜컥 암에 걸렸슈

천상의 밥상

보령시 월도 마을 앞 해변은 온통 플라스틱 통 천지다. 멸치며 밴댕이, 전어 젓갈 들이 저 둥근 통 안에서 곰삭아 간다. 젓갈은 보통 두세 해는 묵혀야 발효가 제대로 돼서 깊은 맛이 난다. 대게 큰 젓갈 공장에서는 한 해도 채 삭히지 않고 젓갈을 빼지만, 이런 섬에서는 시간을 두고 푹 삭힌다. 열다섯 가구가 사는 월도 주민도 멸치잡이나 우럭 양식으로 소득을 올린다. 소득원이 있으니 이 섬에도 젊은 사람들이 제법 산다.

전체를 한 바퀴 도는데 이십분이 채 안 걸릴 정도로 섬은 작다. 이처럼 작은 섬에도 사람이 살 수 있는 것은 이 섬이 천수만 안에 있어

파도가 사납지 않기 때문이다. 난바다의 섬이었다면, 사람살이가 위태로웠을 것이다.

아직 배 시간은 한참 남았는데, 식당은 물론 구멍가게 하나 없다. 두 끼를 걸렀더니 제법 배가 고프다. 어디 밥 한술 얻어먹을 데 없나 기웃거리는데, 어떤 아주머니가 대뜸 점심을 같이 먹자고 청한다. 우럭 양식장에 사료 주러 간 아저씨가 곧 돌아올 테니 같이 밥을 자시란다. 배고픔을 잘 참는 나그네지만, 이런 때는 염치 따위는 버려도 좋다.

불과 서른 해 전만 해도 이 나라 섬들은 나그네들에게는 천국과도 같은 곳이었다. 섬을 찾는 외지인이 워낙 드물어 모두가 반가운 손님이었다. 섬마을 어느 집을 찾아가도 이방의 나그네한테 밥을 주고 선뜻 잠까지 재워 주곤 했다. 지금 나그네가 그런 대접을 받을 수 있는 곳은 더는 찾기 어렵다. 그런데 오늘 이 작은 섬에 와서 그 귀한 밥상을 받는다. 아저씨가 오고 상이 차려진다. 진수성찬이다. 꽃게탕에 간장게장, 갈치찜에 바지락 젓, 김치, 밥은 현미밥이다. 식사 중에도 아주머니는 계속 반찬을 내온다. 삼치찜, 병어찜이 더해진다. 이번 섬길에서 이토록 풍성한 식탁을 받아 보는 것은 처음이다. 돈으로는 사 먹을 수 없는 밥상. 사 먹는 밥으로 뱃속 허기야 채울 수 있겠지만, 마음에 든 허기는 어찌 채우겠는가. 나그네는 모처럼 뱃속 허기도 마음속 허기도 든든히 채운다. 정으로 차린 밥상, 천상의 밥상이다.

"없으면 없는 대로 살아져유, 죽으란 법은 없어유"

아주머니는 보령시 대천읍이, 아저씨는 이웃 섬 육도가 고향이다. 부부는 서천 앞바다에서 스무 해 동안 김 양식을 했다. 하지만 서천 방조제 공사가 시작되면서 보상금을 받고 나왔다. 보상금에다 김 양식으로 모은 돈을 보태 서천 읍내에 슈퍼마켓을 열었다. 가게를 연 지 다섯 해 만에 쫄딱 망하고 빈털터리가 됐다. 읍내에 대형 할인점이 들어서자 당해 낼 재간이 없었다. 한동안 어려운 시절을 보내다 십 년 전에 월도로 왔다. 처음에는 빈 몸으로 들어와 남의 빈집에서 살았다. 그때 섬은 자가발전을 했고 하루 세 시간 동안만 전기를 쓸 수 있었다. 수도가 없어 샘물을 길어다 먹어야 했다. 손수레로 물통을 실어 나르며 울기도 많이 울었다.

"오죽하면 이혼하고 나가겠다 했겠시유."

그 사이 딸 셋 아들 하나를 대학 공부까지 시켰다. 잠도 제대로 안 자고 악착같이 일했다. 빚을 내서 박하지(민꽃게)와 장어잡이 통발을 했다. "어찌나 박하지가 많이 들든지" 하루 이삼백킬로그램은 기본으로 잡았다. 하루 삼사십 만원씩, 일 년에 몇천만 원을 벌었다. 그런 덕분에 삼 년 만에 빚도 갚고 집도 새로 지었다.

"신발이, 장화는 일 년에 다섯 켤레씩 떨어지고. 새벽 세시에 나가면 밤 아홉시, 열시까지 일하고. 그렇게 빚도 다 갚고 살 만하니까 덜컥 암에 걸렸슈. 갑상선암 4기유. 암것도 못 하고 밥만 해유."

지금도 방사선 치료를 받으러 다니지만, 고치기가 쉽지 않다 한다.

"맨날 일만 하면 사는 줄 알고. 어쩔 수가 없었슈. 걱정 없어유, 몸만 안 아프면. 몸 아프니까 암것도 못 하지."

아주머니는 큰병에 걸린 환자 같지 않게 밝다. 그녀의 저 밝고 환한 마음이 끝내는 몸 안의 암 세포들을 다 몰아낼 수 있으리라.

"풍족하면 풍족한 대로 욕심이 생기고, 없으면 없는 대로 살아져유. 죽으란 법은 없어유."

아저씨는 사업 벌이길 좋아했다.

"뭐한다고 쫄딱, 뭐한다고 쫄딱, 초등학교도 못 나온 사람이 할려니 맨날 망하는 거여. 사람이 좋으니께 누가 보증 서 달라면 다 서 주고. 친구들 보증 섰다가도 몇 억 날렸지유."

아내가 인감도장을 감춰 놓으면, 남편은 분실신고를 내고 다시 인감을 새겨서 친구들 보증을 서 줬다. 그렇게 보증을 서 주고 나면 친구는 돈을 떼먹고 도망치고 그 빚을 감당해야 했다. 그렇게 몇 번 당한 뒤로 남편은 사람을 싫어하게 됐다.

아내가 농담 삼아 "우리도 보증 서서 돈이라도 떼먹어 보자"고 하면 남편은 "그럼 발 뻗고 못 잔다"고 정색한다.

"어떻게 보면 미련하고 어떻게 보면 착하고, 요즘 세상은 착해서도 못 살겠대유. 이용해 먹을라 해 싸서. 희망 사항이지만, 아저씨가 일만 안 저지르면 아무 걱정 없슈."

이제는 아저씨도 종일 우럭 양식장에만 붙어 있다.

"바쁘면 양식장에서 안 들어와유. 라면 끓여 잡수고. 그렇게 일을
잘하셔유."

아주머니도 더는 걱정하지 않는 눈치다.

"그래도 당신이 건강해서 움직이니까 고맙지. 술 담배도 안 하고 부
지런하니까."

"애들이 착해서 다들 부러워해유"

지금은 해안가를 따라 물량장이 생겨 거기에 젓갈 통들을 놔두고
있지만, 옛날에는 문지방까지 물이 철썩철썩했다. 이 섬에서도 아침
이면 보령화력발전소에서 나는 가스 냄새가 지독하다.

"어찌나 냄새가 독한지 코도 맵고 머리가 터져요."

매연 때문에 문을 열어 놓을 수가 없다. 아주머니가 갑상선암에 걸
린 것도 아마 저 보령화력발전소 탓일 가능성이 높다. 육도 사람들이
갑상선으로 고생하고 보령화력발전소 주변에 사는 많은 주민이 암에
걸려 고통받는 것처럼.

"한전에 전화하면 탄 땔 때 나는 냄새라고 변명해요. 달걀로 바위
치기유. 소용없어유. 산업자원부(현 지식경제부) 댕기는 분이 가끔 낚시

오는데 '여기 혜택이 많을 거다' 그래유. 근디 우덜한테는 혜택 없어유. 중간에서 빼돌리는지."

화력발전소에서 내뿜는 매연 공해로 말미암은 피해 보상이나 혜택도 없이 오늘도 섬사람들은 병만 더욱 깊어 간다.

쉰일곱, 아주머니는 큰딸이 보내 준 책을 읽는 시간이 가장 행복하다. 거실 서가에 책들이 빼곡하다. 욕심 같아서는 컴퓨터도 배우고 싶은데 여의치가 않다.

"배 시간이 안 맞아서 못 해유. 안 배워도 그냥 사는데. 가끔 뭐 같은 거 볼래면 깝깝하데요."

그래도 아주머니는 이날까지 자식들 때문에 걱정해 본 적 없는 것이 무엇보다 큰 행복이다.

"이놈의 새끼, 이놈의 계집애 왜 말 안 듣느냐 한마디 안 하고" 자식들을 다 키웠다. 지금도 마을 사람들이 다 부러워한다.

"애들이 착해서 자주 찾아오지, 앉으면 하하호호 하지. 다들 부러워해유. 잘 컸지. 참말 고맙지 뭘."

자기 한 몸 희생해서 얻은 어미의 청복이다.

썰어
무조건 썰어

"태어난 곳만 고향이 아니여"

못섬, 지도池島는 덕적군도에 있는 작은 섬이다. 인천에서 쾌속선으로 덕적도까지 한 시간, 덕적도에서 느린 배로 갈아타고 또 세 시간. 기나긴 항해 끝에 도착했다. 섬에는 모두 열 가구 주민 이십여 명이 살고 있다. 작은 어선 다섯 척이 봄에는 박하지나 노래미, 우럭 따위를 잡고 가을에는 꽃게를 잡는다. 어선들은 어로 활동 못지않게 낚시꾼들한테서 얻는 소득도 높다. 섬사람들은 대부분 1톤 남짓한 어선으로 조업하고, 어획량도 보잘것없다. 그러니 낚시꾼 치르는 일이 그만큼 소중하다. 한때는 이 근방 지도, 울도, 백아도 바다가 황금어장이었으나, 지금은 물고기 씨가 마르다시피 했다. 그래서 더 많은 어업

소득을 얻기 위해서는 먼바다로 나가야 한다. 하지만 섬사람들에게는 대형 어선을 마련할 여력이 없다. 어업으로 큰 소득을 올리는 대형 어선 선주들은 대부분 육지 사람이다. 바다 한가운데 살지만, 섬사람들은 더는 이 바다의 주인이 아니다. 바다 또한 육지 자본의 손아귀에서 벗어나지 못한다. 이즈음 덕적도 근해 어장에서 꽃게나 새우, 멸치 따위를 대량으로 잡아가는 것도 인천이나 충남의 대형 어선들이다.

저물녘, 작은 어선 한 척이 물살을 가르며 들어온다. 주민 몇몇이 부둣가로 몰려간다. 어선에 탄 어부 셋은 모두 노인이다. 생선 광주리에는 간제미(노랑가오리)와 노래미, 박하지, 소라 고동 들이 담겨 있지만, 광주리 절반도 채우지 못했다.

"이게 전부여?"

광주리를 받아든 늙은 어부의 아내가 묻는다. 그게 전부다. 갈수록 어장의 가뭄이 심하다. 대형 어선들이 먼바다까지 나가 길목을 지키고 있다 싹쓸이해 버리니 그 촘촘한 포위망을 뚫고 이 바다까지 찾아드는 물고기는 드물다.

나그네가 묵은 민박집 주인도 어장을 보고 왔다. 습기가 적고 볕이 좋은 가을부터 겨울까지는 생선을 말리기 좋은 계절이다. 활어로 팔기 어려운 것들은 말려서 건어물로 내다 판다. 동네 아주머니 한 분이 생선 손질을 도우러 왔다. 수돗가에 자리를 틀고 앉아 생선의 배를 딴다. 나그네는 간제미 내장을 꺼내는 손길을 물끄러미 바라본다.

민박집 주인이 한마디 한다.

"생선 손질 달인이유."

"그러세요."

칼질하던 아주머니가 나그네를 돌아본다.

"한국말도 잘하시네."

"한국 사람이니 잘하지요."

"나는 미국 사람인 줄 알았어유. 얼핏 보니께."

여기서도 나그네는 외국인으로 오해받았다. 덥수룩한 수염 때문일까. 아주머니는 태안 만리포가 고향이다. 지도로 시집와서 마흔다섯 해를 살았다.

"여기 사람 다 됐지요. 고향에서보다 오래 살았으니. 긍께 여기가 고향이여. 태어났다고만 고향이 아니여."

지금은 더는 배를 타지 않지만, 지난 세월, 여자는 열다섯 해 동안이나 배를 부렸다. 제법 큰 배라 선원까지 두고 조업했더랬다.

"동사 얻어 갖고 했지."

뱃동사, 뱃동서, 동사, 동서는 모두 선원을 일컫는 뱃사람들 용어다. 같은 뱃일을 한다 해서 동사同事다. 뱃일하면서 집안일까지 다 했으니 고생이 이루 말할 수 없었을 것은 불문가지.

"방아 찧지, 물 길어다 먹지, 나무하지. 지금은 노는 판이여. 이 수돗물 나오는 거 좀 봐."

여자가 생선 손질하는 사이 동네 사람들이 하나둘 모여든다.

"저런, 민어 새끼가 걸렸네."

"살았어요."

가만히 지켜보던 이웃의 팔순 할머니가 끼어들어 채근한다.

"썰어, 무조건 썰어."

그 말씀에 삐긋이 웃음이 나온다. 주인은 칼을 들고 '통방맹이' 라 부르는 민어 새끼 두 마리와 광어 한 마리를 회 뜬다. 막 썬 회에 소줏 잔이 돌고 작은 섬마을은 어느새 잔치판이 된다.

돌고래의 죽음

고갯길을 넘으면 섬의 뒤안이다. 드넓은 백사장에 거대한 닻들이 처박혀 있다. 닻들은 어선을 정박하기 위한 닻이 아니다. 꽃게잡이 그물을 바닷속에 고정하는 닻이다. 인천 어선들이 봄 꽃게 철에 사용한 닻들을 놔 두고 간 것이다. 내년 봄이면 꽃게잡이에 다시 저 닻들을 사용할 것이다. 마을은 제법 추웠다. 하지만 100미터 남짓한 거리, 달랑 고개 하나 넘었을 뿐인데, 이 해변은 봄날처럼 따뜻하다. 마을은 북향이라 하늬바람이 불어 겨울이면 시베리아처럼 춥다. 하지만 여기는 겨울에도 따뜻하다. 해변이 남향으로 자리 잡은 까닭이다. 이 해변에는 집이 두 채밖에 없다. 따뜻한 남쪽 해변을 두고 굳이 추운 북쪽 해안에 마을이 형성된 이유는 무얼까. 남쪽에서 불어오는 태풍 때문이었을까. 큰 바다가 주는 막막함이 싫었던 때문일까. 그도 아니면 육지를 그리는 마음이 컸던 때문이었을까.

다시 고갯길을 넘어와 마을 해변을 지나는데 밀물 들어오는 바닷가에 큰 물고기 한 마리가 밀려와 있다. 언뜻 보니 고래 새끼처럼 보인다. 뭘까? 가까이 다가가 보니 상괭이 곧, 쇠돌고래다. 상처는 없는데 죽어 있다. 무슨 이유로 죽은 걸까. 마음이 짠하다. 저 쇠돌고래를 나그네 고향에서는 물돼지라 불렀다. 멸종 위기종으로 보호받는 쇠돌고래는 1미터 남짓한 작은 돌고래다. 다 자라도 2미터를 넘지 않는 귀여운 녀석이다. 한때는 개고기로 둔갑하여 보신탕으로 팔리기도 했다. 지금도 그물에 걸린 녀석들은 고래고기로 팔려 나간다. 지도에서는 삼천쇄기라 부른다. 예전에는 식용이나 기름을 빼서 등잔불을 밝히기도 했다. 그렇게 흔한 녀석들이었지만, 지금은 쉽게 보기 어려워졌다. 작은 물고기들이 사라져 가니 덩달아 큰 녀석들도 사라져 간다.

"어유, 파도치면 무섭지요"

바닷가 낡은 집, 할머니 한 분이 아궁이에 차 있는 재를 긁어내고 있다. 이제 군불을 땔 시간이 온 것이다.

"할머니, 불 때시려고요."

"누군지 모르겠시다."

할머니는 불쑥 찾아든 나그네가 누군지 아리송하다. 큰아들 집에 사시는 할머니는 손수 나무를 해다가 방에 군불을 지핀다. 할머니는 작은 페인트 통에서 숟가락으로 무언가를 덜어 내 아궁이에 넣는다. 거기에 라이터 불을 붙이니 불길이 확 살아난다. 밑불을 만드는 할머니의 특허품이다. 밑불에 나뭇가지를 넣으니 금세 불이 붙는다. 군불을 지필 때, 가장 어려운 게 밑불을 만드는 일이다. 대부분 솔가지나 볏짚, 종잇조각 따위를 쓰지만, 쉽게 붙지 않는다. 더구나 습기가 많은 날은 불을 붙이기가 여간 어렵지 않다. 그런데 할머니의 밑불 놓는 법은 그런 어려움을 한순간에 날려 버리는 비법이다. 할머니가 페인트 통에 아궁이의 재를 담은 데는 이유가 있었던 것이다. 타고 남은 재를 석유로 개어서 밑불 재료를 만든 거다. 참으로 빛나는 지혜다!

"나무 대기가 심들어서 그렇지 불 때고 자는 게 좋지. 뜨뜻하게 자야 아침에 일어나면 몸도 개운하고.

할아버지는 진즉 세상을 떴다.

"옛날에 갈 디 갔어요. 일찌감치 잘 갔지. 환갑 잡수고 돌아가셨으니."

"왜요? 더 사셨으면 좋으셨을 텐데요."

"살면 뭐해요. 귀찮해요. 갈 디 가서 편안하게 있시야지. 누가 뭐라고를 하나. 펜안하지."

"할머니, 연세는 어찌 되셨어요?"

"팔십셋인가 넷인가 나도 모르갔시다."

할머니는 근방의 문갑도에서 태어나 결혼한 뒤, 이작도에 살다가 시누이가 살던 이곳 지도까지 흘러들어 왔다. 할아버지 살아생전에는 두 내외가 조그만 돛단배를 타고 고기잡이를 다녔다. 굴업도 부근 어장으로 가서 꽃게도 잡고 민어도 많이 잡았다.

"우럭도 많이 잡아 왔시다. 그 전에는 고기도 흔해서 너면 물고, 너면 물고. 시방은 하도 잡아 대서 없어요. 우럭 그거 큰 거 물리면 얼마나 재밌다고. 끌어낼라면 재밌죠. 참."

여자 몸으로 험한 뱃일이 얼마나 고달팠을까.

"아유, 파도치면 무섭지유. 그래도 먹고 사는 게 더 무서니까 무서도 댕기고, 댕겼지유."

자식은 아들 다섯 딸 둘을 뒀지만, 아들 셋은 앞세웠다. 다른 자식은 모두 인천에서 살고 큰아들만 이 섬에 산다. 할머니는 오래 살아 정이 들었으나, 작은 섬 지도가 내내 답답한 모양이다.

"이게 사람 살다라고. 문갑도는 큰 동네지."

어릴 적 살던 고향 문갑도가 그리운 모양이다. 하지만 할머니는 더는 문갑도에는 가지 않는다.

"인제는 못 갑니다. 뭐하러 가요. 아무도 없는데."

부모형제가 살지 않는 고향은 더는 고향이 아니다. 장소가 고향이 아니다. 사람이 고향이다. 어머니와 형제들이 고향이다. 할머니는 이미 스스로 자식들의 고향이 되었으니 어디에 달리 고향이 있겠는가.

나 세상 산 이야기를
어디다 말하고 죽으까

청산도의 신전, 당리 당집

청산도 도청리 포구에서 당리마을로 가는 언덕에는 영화 '서편제'
속에 등장한 그 돌담길이 있다.

하지만 이 섬길에서 가장 아름다운 풍경은, 시멘트로 포장돼 버린
서편제길이 아니다. 보리밭 가운데 서 있는 드라마 촬영장도 아니다.
바로 청산도의 신전, 당리 당집이다. 서편제길 초입 솔숲, 돌담에 쌓
여 있는 건물이 당리 당집이다. 하지만 길가에는 서편제 촬영지 안내
판은 대문짝만 하게 서 있는데 당집에 대한 안내판은 없다.

오랜 세월 섬사람들의 신앙의 성소였고, 섬을 지키는 수호신을 모
셨던 신전이 지금은 영화나 드라마 촬영장만큼도 대접받지 못한다.

저 당집이야말로 살아 있는 문화재가 아닌가. 지나는 사람들 또한 영화 '서편제'나 드라마 '봄의 왈츠' 촬영장만 찾을 뿐 당집에는 눈길조차 주지 않는다.

당집은 한내구韓乃九 장군을 신으로 받드는 신전이다. 한내구 장군은 신라시대 청해진 대사 장보고 장군의 수하였다. 한 장군은 청산도를 지켰고, 주민은 그런 그를 신망했다. 한 장군이 늙어 죽자, 섬사람들은 돌무덤을 만들어 주고 그 옆에 당집을 지어 수호신으로 모셨다.

주민은 솔밭 당집 아래 돌무덤에서 옛날 동전이나 칼자루 같은 것을 줍고 놀던 어린 시절을 떠올린다. 무덤은 이미 일제강점기 때 도굴당했다. 원래 당집에는 한 장군 신뿐만 아니라 부인까지 함께 모셨다. 그러나 두 분의 초상화는 사라지고 없다. 봄 농사를 위해 논을 태우던 당리마을 할머니는 그때 일을 생각하면 아직도 울화가 치민다.

"한압씨 함마이가 있었는디 어떤 놈이 불 처질러 부렀소. 아주 기분 나뻐서 죽을 뻔했어요. 교회 다닌 놈이 그랬소."

당리 당집도 기독교 광신도에게 횡액을 당했다. 이 나라의 토속신을 모시던 신전은 대부분 유일신을 믿는 외래 종교의 탄압으로 소멸해 갔다. 할머니의 울화를 짐작하고도 남을 듯하다.

지난날 당집은 신성한 장소였다. 당집 앞으로는 상여 같은 부정한 것이 지나 다니지 못했다. 말이나 가마를 타고 가던 이들도 당집 앞에서는 내려야 했다. 당리마을 주민은 지금도 해마다 정월 초사흗날이면 정성껏 당제를 지낸다. 예전에는 한 해 동안 가장 정결하게 산 사람을 제주로 뽑았지만, 지금은 이장이 제주를 맡는다. 제관은 제주인 이장을 포함해 다섯 사람이 맡는다.

제관으로 뽑히면 당제 보름 전부터는 상갓집을 가거나 부부관계 같은 '부정 타는' 행위를 일체 삼가야 한다. 제를 지내러 가는 아침에 다른 사람을 만나면 다시 집으로 돌아가서 목욕하고 올 정도로 금기가 철저하다. 청산도 당리처럼 아직껏 당제가 철저히 지내지는 섬은 보기 드물다. 참으로 소중한 문화유산이다.

밤에 색시 데려다 놓고 아침에 군대 가 버린 신랑

할머니는 몸이 아파 한 해 동안 논을 묵혔다. 이제 새봄 농사를 위해 볏짚 부스러기와 검불들을 걷어다 태운다.

"홧병이 나갖고 작년에는 농살 못 지섰어요. 작년 내 아프다가 인자 쪼깐 발랑기리요. 작년은 놀리고 비났으께 그놈 불 처질르러 댕기요."

할머니의 화병을 다스리는 약은 물이다.

"밤에 그라고 병이 오요. 잠을 못 잔께. 물만 떠다 묵어라우. 밤에 그라고 물을 묵어라우. 물 안 묵으면 죽어라우."

하룻밤에도 몇 병씩 물을 들이부어 가슴에 타오르는 불을 끈다.

할머니의 화병을 키운 것은 돌아가신 할아버지다.

"아저씨는 놀라고만 하고 한량이여. 동네일이나 보고. 나 세상 산 이야기를 어디다 말하고 죽으까 그라요. 딸이나 있으면 이야길하까."

하지만 할머니는 아들만 셋.

할머니의 고생길은 시집온 첫날부터 시작됐다. 할머니는 본래 재 넘어 원동리가 고향이다. 스물한 살 때 당리로 시집왔다. 뜬금없이 시작된 시집살이.

"어른이 군인 간다고 급하게 밤에 데려다 놓고 뒷날 아침 군인 가버렸어. 즈그 어멈 밥해 주라고."

새신랑은 새색시를 밤에 데려다 놓고 다음 날 아침 입대해 버렸다. 결혼식도 없었다.

"메느리가 그랍디다. 아부지가 칠십까지만 살면 겔혼식시켜 줄라우 그랍디다. 그란디 영감이 예순다섯에 안 죽어비요."

그래서 할머니는 끝내 결혼식을 못 해 봤다.

"내가 서름 서름 얼마나 당했능가 모를 꺼시오."

군 생활 중반쯤인가 남편이 휴가 나왔을 때, 아내는 함께 따라가겠다고 통 사정했다.

"나도 강원도 가서 살겠소. 내가 벌어서 먹여 살릴 테니 데려가만 주소 했지."

그러자 남편은 비겁하게 피했다. 방이 없으니 방이나 얻어 놓고 데려가겠다고 약속한 뒤 도망치듯 떠났다. 그 뒤, 남편은 제대할 때까지 한 번도 집에 오지 않았다. 남편은 하사관으로 근무하다 다섯 해 만에 제대해서 청산도로 돌아왔다. 하지만 바로 또 서울로 날아가 버렸다.

그 무렵 시집은 그런대로 형편이 어렵지 않았다. 농사가 제법 잘돼서 어렵지 않게 살았다. 그러나 그도 잠깐, 어느 해 시아버지가 이웃집과 시비가 붙어 송사에 휘말렸다.

"다 폴아 묵고, 소까지 다 폴아 버리고."

시부모는 살림을 다 팔아서 합의했다. 남은 것은 아무것도 없었다. 땅도, 소도 다 팔았다. 막막했다. 전답도 없이 여자 혼자 몸으로 시부모 모시고 아이들을 키워야 했다. 아이들 셋을 데리고 광주 나가서 언니네 집 곁에 방을 하나 얻었다. 아이들을 공부시키기 위해서였다. 그리고 청산도와 광주를 오가며 보따리 장사를 시작했다. 그렇게 아이들 학비와 생활비를 벌었다.

"고무대야 이고 장사하고 다니고 그라고 겔쳤제."

쌀장사고 옷 장사고 안 해 본 장사가 없다. 옷가지 따위를 광주에서 떼어다 청산도 마을을 돌아다니며 팔았다. 멸치, 미역, 다시마, 마늘 등 청산도 것들을 사다가 광주에 되팔았다. 나중에는 목포나 진도까지도 찾아다니며 '다라이' 장사를 했다. 무거운 대야를 이고 하루 수십 리를 걸었다.

"길도 늘럽할 때(험할 때) 애 업고 보따리 이고. 큰놈 날 때부터 장살했어라우."

시어머니는 처음 논일하러 다니라 했지만, 새댁은 품팔이보다 장사가 이득이 더 크다는 것을 본능적으로 알았다.

"내가 멍청했으면 고생은 안 할 건데 너무 영리해서 고생만 고생만 했어라우."

장사에 자신이 생기자 나중에는 차떼기도 했다. 청산도의 마늘종 같은 것을 모아서 트럭으로 목포의 상회에 보냈으니 중간 수집상이었다. 그러면서 보따리 장사도 계속했다.

객지를 떠돌던 남편은 잊을 만하면 찾아왔다가 떠나길 반복했다. 남편은 단 한 번도 돈을 벌어 온 적이 없었다.

"군에 말뚝이나 박았으면 나도 쪼깐 좋은 시상 살았을 건디."

"영감이 살림을 두세 번 묵어 부렀소"

할머니 친정 집안은 청산도의 유지였다. 큰아버지는 산감(벌목감시원)이었고 작은아버지는 면 산업계장, 사촌오빠는 면장, 육촌오빠도 지서 주임을 지냈다. 그야말로 청산도의 권력자 집안이었다.

"우리 차씨네가 청산을 좌지우지했지. 이자는 죽어 빌고 뿌리도 없어져 부렀소."

그렇게 위세를 떨치던 집안의 딸이 시집와서는 온갖 고생을 다하고 살았다. 할머니는 장사해서 모은 돈으로 땅을 샀다. 청산도에도 사고 완도에도 샀다. 그래서 아직도 청산도에는 할머니의 논밭이 많다. 하지만 그 땅들은 할머니가 샀던 땅의 일부일 뿐이다. 할아버지는 더 많은 땅을 팔아먹었다. 완도에도 땅을 샀다.

"완도에다도 땅을 겁나게 사 놨었어라."

서른 해 전, 장사해서 어렵게 모은 350만 원으로 땅 열 마지기를 샀다. 그 땅을 등기하라고 부탁했는데, 영감은 차일피일 미루고 말을 듣지 않았다. 세 해 뒤에 그 땅이 개발되고 땅값이 뛰자 애초 땅 임자가 무르자 했다. 등기를 안 해 주니 어쩔 수 없었다. 처음 지급한 땅값만 돌려받고 말았다.

"나는 사기밖에 안 하고 거기는 폴아 묵기밖에 안 했어."

또 한번은 광주에다 땅을 사든 집을 사든 하라고 영감한테 돈을 줘서 보냈다. 그 또한 성사되지 못했다. 보러만 다니고 결정하지 못 했다. 그러다 덜컥 병들어 병원비로 돈을 다 까먹어 버렸다. 심장병이었다.

"영감이 살림을 두 번 세 번 묵어 부렀소. 그놈 제대로 했으면 내가 완도 갑부 말 듣고 살겠소."

그래도 이재에 눈 밝은 덕분에 할머니는 제법 큰돈을 모았다. 큰아들, 작은아들은 대학까지 졸업시켰고, 결혼할 때에는 서울에 작은 평수지만, 아파트도 하나씩 사 주었다. 막내아들은 유학도 보냈다. 평생 자식들 때문에 속 썩은 적은 없다.

"착해, 아이들이. 공부 안 해서 속 썩이길 했나. 궂은 짓해서 속 썩이길 했나."

그 시절 청산도에서 할머니처럼 교육에 열성인 부모는 드물었다.

"국민핵교 중핵교나 낼까. 광주다 놓고 갈친 이는 나밖에 없어라우."

두 아들 다 대기업에 들어갔다. 큰아들은 삼성에 취직하자마자 어머니 장사 그만하시라고 사정했다.

"어머니 고생 그만하씨오. 그만해도 쓰겄소. 동생들은 제가 갈칠라께. 그만하씨오."

하지만 할머니는 끝내 하던 일을 그만두지 않았다. 유학을 다녀온 막내는 안양에서 큰 회사를 경영한다. 자식들은 이제 어머니가 좀 편히 살았으면 싶다.

"어머니 편하게 사씨오" 해도 "편하게 살면 쓴다냐. 운동해야 오래 살제" 하며 여전히 농사를 짓는다. 청산도의 많은 사람이 서울 사람들한테 땅을 팔아 버렸지만, 할머니는 본인 손으로는 한 뙈기 땅도 팔지 않았다.

"나 서럽게 서럽게 장만한 전답인디 어찌 팔것소."

지금은 장사를 그만둔 지 여러 해가 지났어도 할머니는 여전히 사업 감각이 남다르다.

"버릇은 3대까지 간다드만 지금도 뭘 보면 이놈 폴아 갖고 냉게 묵겄다 싶어라우."

평생을 외지로만 떠돌던 할아버지도 늘그막에는 미안했는지 "이제 일하지 말고 여행 다니며 사세" 하더니 얼마 뒤 심장병으로 숨을 놓아 버렸다. 사내는 철들면 죽는다는 말이 딱 맞다. 심장병이 있었으니, 신경을 쓰면 좋을 턱이 없었다. 이장 일 하지 말라고 그렇게 사정해도 듣지 않았다.

"내 말을 안 들어. 죽어도 안 들어. 그러더니 가 버렸어."

아들이 어머니 벗 하라고 데려온 애완견 삐삐가 할머니 무릎에 기대 깜빡 잠들었다가 무슨 소릴 들었는지 눈을 번쩍 뜨고 대문 앞으로 달려간다.

"영감은 날 고생 고생만 시키 놓고 떠나 빌고. 인자 나만 호강하며 사요."

할머니는 완도에도 방을 얻어 놓고 오간다. 언니네 집에도 가고 완도 친구들도 만나러 가고 목욕도 하고 장날이면 장에서도 논다. 그것이 큰 즐거움이다. 할머니는 이제 다시 논에 불을 지르러 갈 참이다.

청춘 금방 가 버려
애들도 늙구만

진도 밤거리, 홍주를 찾아 헤매다

진도시외버스터미널, 관매도행 배가 다니는 팽목항 방면 막차는 끊
겼다. 하룻밤을 읍내에서 유숙하고 들어가기로 했다. 숙소에 짐을 풀
고 진도 밤거리를 배회한다. 이런, 여기는 진도가 아닌가! 진도 홍주
의 선홍빛 향기가 코끝을 스치는 듯하다. 공장이 아니라 손으로 직접
빚은 독한 홍주를 한잔하고 자면 여독이 풀릴 것도 같다. 칼칼한 진도
울금 막걸리 생각도 간절하다.

무작정 읍내 시장 골목을 어슬렁거린다. 어느 골목쯤이었을까. 나
그네는 문득 시간이 멈춰진 듯한 풍경과 맞닥뜨렸다. 지금은 진열장

에 아무것도 없는 낡은 가게. 담배 표식이 붙어 있는 걸 보니 한때 저 집은 담배 가게였으리라. 반쯤 열린 격자 문 안, 할머니 한 분이 바닥에 주저앉아 저녁밥을 먹고 있다. 그 쓸쓸한 생의 풍경 앞에 나그네는 무너졌다. 그리고 무엇엔가 홀린 것처럼 가게 안으로 빨려 들어갔다. 언뜻 저 할머니가 홍주를 만드는 분이 아닐까, 하는 생각이 스쳤다.

"할머니, 혹시 여기서 홍주 빚으세요?"

할머니는 말없이 고개를 끄덕이며 유리창문 밖을 가리킨다. 얼른 문 밖으로 나와 보니 가게 앞에 입간판이 하나 있다. 아이쿠! 이 집이 바로 진도 홍주 국가예능보유자 허화자(전남도 무형문화재 제26호) 선생의 집이다. 우연히 들렀으나 제대로 찾아 낸 것이다. 나이 여든, 손수 홍주를 빚어 온 세월만 쉰 해가 넘는다. 할머니는 처음 본 과객에게 밥상을 차려 주지 못하는 것을 연신 미안해한다.

"밥은 자셨소. 못 자셨지. 내가 허리가 안 아프면 김치하고 국하고 밥을 차려 줄 텐디. 허리가 아파 내 밥도 잘 못해 먹어요. 미안하요."

할머니는 열여덟 살에 결혼했다. 바람난 남편은 집을 나가 돌아오지 않았다. 청상 아닌 청상이 되어 혼자 아이들을 키웠다. 그 무렵 얹혀살던 숙모한테서 홍주 빚는 법을 배웠다. 그것이 평생의 업이 되었다. 담배 가게는 오래전 팔촌 당숙인 남농 화백이 전매청 고위 인사에게 열 폭 병풍을 그려서 선물로 찔러 주고 허가받아 준 것이다. 그 또한 생활하는 데 큰 밑천이 됐다.

홍주 명인의 술도가는 초라하다. 명인이 사는 집이 그대로 술을 빚는 작업장이기도 하다. 쉰 해 세월 내내 좁은 부엌에서 장작불을 때 술을 내렸다. 홍주는 누룩을 빚어 청주를 띄운 뒤, 그 청주를 증류해 만드는 진도 전통술이다. 아궁이 앞에 여덟 시간 이상 앉아 불을 지펴서 고조리(고소리) 주둥이로 이슬 같은 술을 한 방울씩 받아 낸다. 방울방울 떨어지는 고조리 주둥이 부근에 지초를 놓아두면 핏물처럼 진한 선홍색이 우러나 홍주의 빛과 향이 완성된다. 보통 한 번에 닷 되짜리 양동이 세 개 반 분량의 청주를 솥에 넣고 불을 땐다. 그러면 겨우 홍주 네 되 정도가 만들어진다.

요새는 진도에서도 대부분 홍주 도가들이, 장작이 아니라 가스 불로 술을 내린다. 한때는 서울에 있는 유명 요릿집에서도 할머니가 빚은 홍주를 팔기도 했지만, 만드는 양이 워낙 적어 할머니의 홍주는 좀체 진도 밖을 벗어날 수가 없다. 그래서 극성맞은 애주가들은 진도 읍내에 방을 잡아 놓고 홍주를 마시러 출근하기도 한다.

술 내리는 날, 할머니는 음식을 먹지 않는다. 혀에 다른 음식 맛이 배면 술맛을 모르게 될까 봐서다. 화장한 여자들은 고조리 근처에도 못 오게 한다. 화장품 냄새가 스머들까 걱정돼서다. 그만큼 온 정성을 다한다.

"홍주는 빨가니 탈탈한 술이 좋아."

선홍빛 홍주 병을 햇빛에 비춰 보며 하는 말이다. 홍주는 투명한 것보다 약간 탁한 것이, 지초가 제대로 우러난 술이라는 것이다.

오윤의 판화 '진도 고모' 주인공

1984년경이었다. 간경화를 앓던 판화가 오윤이 할머니를 찾아왔다. 조카와 같은 학교를 다닌 친구였던 오윤은 젊은 시절부터 진도를 드나들며 홍주를 마셔 댔다. 오윤을 떠올리며 할머니는 말한다.

"다 죽게 돼서 다시 진도로 왔어. 내가 방을 얻어 줬지."

그때 할머니는 오윤과 함께 팽목엘 간 적이 있었다.

"오윤이가 여기 큰 발전 되겠다고 집 사 놓으라고 그럽디다. 그 거지 집 같은 것을."

집은 사 놓지 않았다. 팽목항이 지금처럼 발전될 줄은 꿈에도 몰랐던 것이다. 읍내에서 씻김굿이라도 하는 날이면, 오윤은 할머니를 따라다니며 춤추고 놀며 진도 사람들과 어울렸다. 오윤은 흥이 많았다.

"오윤이가 기타도 잘 칩디다."

하지만 오윤은 숯등걸처럼 까만 얼굴로 날마다 그 독한 홍주를 마셔 댔다. 징하고 독한 술만 마셔 대니 얼굴은 더 까맣게 타들어 갔다. 죽음을 재촉하는 듯했다.

그러던 어느 날, 오윤이 친구라고 소개하며 어떤 여자를 데려왔다. 그 여자와 또 홍주를 마셨다. 그리고 사나흘쯤 지났을까, 시커멓던 얼굴이 붉어지며 화색이 돌았다.

할머니는 오윤의 얼굴빛을 찾아 준 것이 홍주였는지 그 여자였는지 지금껏 알 수 없다. 그도 아니면 홍주와 사랑의 합작품은 아니었을는지.

오윤이 몸이 좋아져서 진도를 떠날 무렵, 그림을 하나 주겠다고 했지만 거절했다.

"나는 남농 당숙님 그림 아니면 그림이라 생각을 안 했거든. 그때는 오윤이가 그리고 유명한 사람인 줄 몰랐소. 착하고 좋은 사람인디 너무 일찍 죽어 부렀소. 여 와서 수양하고 몸 좋아져서 다 나아서 갔는디, 그리고 죽어 부렀소."

그 뒤, 오윤은 판화 한 점을 보내왔다. 지금은 해남 사는 큰딸이 소장하고 있는 판화 '진도 고모'가 그것이다. 가을비 오는 어느 날, 술을 빚어야 하는데 날은 춥고, 어찌해야 하나 걱정스럽게 앉아 있는 할머니의 모습을 형상화한 것이다.

할머니는 요즘 허리가 너무 아파서 술 만드는 일을 잠시 쉬고 있다. 당신이 죽고 나면 손으로 빚는 홍주의 맥이 끊길까 걱정이다.

"다들 편하게만 살라고 안 하요. 잘난 척하면 쓰겠소만, 내가 해도 아주 잘 된 술은 팔기 싫어요. 내가 죽으면 이것도 없어질 것이오."

"밤에 술 먹으면 무조건 죽어"

어느새 밤이 깊었다.

"어서 밥 먹으러 가시오. 여는 일찍들 문을 닫아. 늦게 가면 밥 없어."

나그네는 밥보다도 할머니가 만드신 홍주 맛을 보고 싶은 마음이 더 간절해졌다. 하지만 그 어렵게 만든 귀한 술을 파시라 하기가 미안하여 조심스럽게 말씀을 꺼내니 돌아오는 답이 단호하다.

"안 돼. 밤에 독한 술 먹으면 못써요. 아침에 와. 밤에 독한 술 먹으면 무조건 죽어. 술에 맞아 죽든가. 술 먹고 싸우다 맞아 죽든가 둘 중 하나야. 아깐(아까운) 술을 함부로 낭비하면 쓰는가."

칼날 같은 말씀이 살 속을 파고든다.

"술로 아깐 세월 탕진하지 마시오. 청춘 금방 가 버려. 애들도 늙구만."

아프다. 칼끝이 심장을 파고들수록 간절함도 깊어진다.

"밤에 마시려는 것이 아니고요. 아침 첫배로 관매도엘 들어가거든요. 아침에는 경황이 없을 듯해서요."

"관매도? 예순둘 묵은 우리 애기, 야닯살(여덟 살) 묵어서 갔응께 거가 지금은 어디 붙었는지도 모르겄소."

지금은 어디 붙어 있는지도 모르는 관매도 이야기에 할머니 마음이 움직였다. 빚어 둔 홍주는 부엌 한 귀퉁이 플라스틱 말 통에 담겨 있다. 유리병 하나를 꺼내 따르니 불빛 아래 선홍빛이 더욱 진하다. 나 그네의 혈관이 흥분하기 시작한다. 핏줄을 따라 핏빛 홍주가 스며들어 온다.

너는
누구네 털보냐?

"시원한데 좀 쉬다 가시오"

진도군 조도의 새끼 섬 관매도觀梅島. 관매도에는 관매리와 관호리, 두개의 마을이 있다. 인구가 많을 때는 2,000명까지 살기도 했지만, 이제 퇴락하여 180명 남짓 사는 한적한 섬이 됐다. 수려한 경관 때문에 여름이 되면 제법 많은 피서객이 찾는다.

관매도는 원래 볼매도 혹은 관호도라 했다. 지금도 새떼섬 조도군도鳥島群島의 섬들로 둘러싸인 관매도 앞바다는 호수처럼 아늑하고 잔잔하다. 그래서 '관호觀湖'라 한 것이다. 그런데 옛날 행정구역 정리 때 섬 이름을 한자로 옮기는 과정에서 엉뚱하게도 '매화를 보는 섬', 관매도가 되고 말았다. 하지만 당시 관매도에는 매화나무 한 그루 없었다 한다. 우리나라 지명이 그렇게 왜곡된 사례가 적지 않다.

관호마을, 돌담으로 이어진 마을 안길을 걷는다. 이집 저집 기웃거리는데 어느 집 마당, 돌담 그늘에 할머니 한 분이 앉아 있다. 대문이 없는 집. 작은 섬마을의 집들은 거의 모두 대문이 없다. 담장은 있어도 대문이 없는 것은 경계를 정하되 경계 없이 살자는 공동체의 약속이다. 마당 안으로 고개를 삐죽 내밀었다가 얼른 돌아서려는데 할머니가 나그네의 발길을 붙든다.

"시원한데 좀 쉬다 가시오."

나그네가 숙였던 고개를 들자 할머니가 먼저 아는 체한다.

"어제 같이 온 아저씨 아니요."

어제 오후 나그네와 같은 배를 타고 왔단다. 배에서도 말 한 마디 나눈 적 없는데, 할머니는 나그네를 기억하고 있었던 모양이다. 생각해 보니 객실에 누워 있던 할머니다. 옷을 곱게 차려입었다. 어디에 가려는가.

"예수 믿으러 갈라고 그라요."

주일 예배를 보러 가기 위해 관매리에서 오는 교회 차를 기다리는 중이다. 동네 할머니 한 분이 놀러 와 돌담 아래 나란히 앉는다. 이웃에 사는 사촌언니다. 마실을 왔다. 마당에서는 갓 수확한 녹두가 말라간다.

"멜치도 많이 잡고 미역, 톳, 듬북이 이런 것들 많이 해요."

이 섬 또한 젊은 사람은 적고 노인은 많다. 역시나 젊은 사람들은 멸치잡이와 고기잡이로 제법 높은 소득을 올린다.

"젊은 사람 살기는 좋지요. 대통령 월급도 그렇게는 안 나오지요. 얼마나 많이들 버는데…."

노인들의 소득은 낮다. 노인들은 미역, 톳, 가시리, 듬북 따위를 캐다 팔아서 집안 살림살이에 보태는 정도다. 미역과 톳, 가시리를 뜯어다 말리는 오뉴월이 가장 힘든 철이다. 그나마 할머니는 움직일 수 있으니 생활이 나은 편이다. 섬에는 거동이 불편해서 "미역도 못 따 먹는 양반들도 많다." 해초는 마을 사람들이 공동으로 작업해서 분배하지만, 작업에 참가하지 못하는 사람은 몫도 없다. 매정한 풍습이다. 병든 사람을 배려해 마을 공동 소득을 분배하는 섬들도 있으니 하는 말이다.

"내가 못 하게 생기면 못 하제. 해 묵는 사람만 권리가 있제."

그런 노인들은 생활보장대상자로 살아간다.

"자식들도 다들 즈그 살기도 어려운데 나라에서 안 살린다면 어쩌고 살 것이요."

밭이 있지만, 노인들은 농사일이 힘에 부쳐 대부분 묵힌다. 할아버지가 살아 있을 때는 미역이나 톳 양식도 했지만, 지금 할머니는 그저 마을 공동 어장에서 해초만 뜯어 먹고 산다. 양식하면서 골병도 많이 들었다.

"톳 하다 골병들고, 미역 하다 골병들고, 옛날에는 손수레도 없었어요. 미역도 톳도 머리로 이고 다니다 골병들었지."

할아버지는 폐암으로 돌아가셨다.

"수술도 못 하고, 암인지도 모르고 살다가 너무 늦어 버렸어. 담배, 술을 여간 좋아한 양반이었어라우. 일하다 힘들면 술, 담배밖에 드실 것이 뭐가 있어요."

그때는 부부가 "통발이도 하고 주낙질도 하고" 그랬다. 소득이야 지금보다 좋았지만, 그만큼 고생도 많았고 골병도 키웠다.

"아잡씨(아저씨) 있으면 그저까지 한다고 덤벙거려 볼 거인디."

살아 있는 우물

할머니 고향은 업도라는 작은 섬이다. 관매도의 어미 섬 조도에서 배를 타고 간다. 고향에 가 본 날이 언제인지 할머니는 기억이 가물가물하다. 사는 피붙이가 없으니 더는 갈 일도 없다.

"고향이라고 성제(형제)간도 없고 머하러 가겄소. 다들 서울, 목포로 나가서 사께. 그래도 뭍에 나가면 섬에 사는 것보다 자주 만나져요."

마당 한쪽에는 할아버지가 조기잡이 다닐 때 쓰던 어구가 놓여 있다.

"중선배 도라요."

그물을 감아올리던 도르래다. 쓸모없이 녹슬었지만, 버리지 않는 것은 애틋해서다. 그 시절이 그렇고 할아버지가 그렇다. 할머니는 그 시절 손으로 바늘대 잡고 직접 한땀 한땀 그물을 짰다. 그물 짜는 데 쓰던 실을 꺼내 보여 준다. 할아버지는 중선배를 타고 흑산도, 동중국해 등지로 가서 조기를 잡아 왔다.

"조기잡이 해서 자석들 갤쳤으니 더 바랄 게 뭐가 있겠어요."

마당에는 버리지 않은 것이 또 있다. 우물. 관매리에 상수도가 생겨 수돗물이 들어오지만, 할머니는 여전히 두레박으로 물을 길어 먹는다.

"타래박으로 떠서 쓰면 좋아요. 기분도 더 환하고."

할머니가 두레박으로 물을 길어 올려 주신다. 달다! 할머니도 상수도 물보다 우물물이 더 달고 맛있다고 한다. 생활하는 데 우물만으로도 물이 부족하지 않다. 마을 곳곳에 우물이 있다. 상수도가 생겼지만, 관매도 사람들은 여전히 수돗물보다 우물물을 더 좋아한다. 예전에도 물이 부족한 적이 한 번도 없었다. 크게 물을 쓸 일도 없으니 우물에는 사철 물이 넘친다. 상수원 저수지에 가두었다가 수도관을 통해 받아 먹는 물보다 막 길어 올린 우물물이 달고 시원할 것은 두말할 필요도 없다.

집집이 있는 우물만이 아니라 마을 산 밑에는 '묏뚝샘'이라는 마을 공동 우물도 있다. 산에서 내려오는 깨끗한 물맛이 달고 뛰어나 여전히 마을 사람들로부터 사랑받는다. 이런 샘들이야말로 이 섬의 혈관에 피가 돌게 하는 생명의 원천이다.

"죽어서 묘 베면 뭣한다요. 한번 죽어 불면 그만이지"

관매도에도 토속 신앙은 사라지고 없다. 아직도 관매리 초등학교 앞에는 삼백 년도 더 된 후박나무 당산목이 있지만, 당제는 맥이 끊긴 지 오래다. 전국 어느 섬에 가 보아도, 교회가 있는 섬에는 대체로 당제가 없다. 거꾸로 당제를 모시는 섬에는 대부분 교회가 없다. 관매도 신전이던 서낭당 자리를 대신한 것은 교회다. 교회는 섬의 유일한 신전이 되었다. 할머니도 할머니 사촌언니도 교회에 다닌다. 교회에 나가면서부터 할머니는 제사를 모시지 않는다. 하지만 벌초는 꼬박꼬박한다. 교회에서는 어째서 제사는 금하면서 벌초는 금하지 않는 것일까.

"제사도 안 지내시면서 힘들게 벌초는 왜 하세요?"

"그래도 이발은 해야 안 쓰겠소."

말씀은 그래도 할머니는 그 또한 부질없음을 안다.

"죽어서 묘 베면 뭣한다요. 한번 죽어 불면 그만이지."

할머니 혼자 몸으로 제사상 차리는 일도 힘겹지만, 그 많은 망자 산소를 벌초하는 일도 여간 고된 일이 아니다. 우상 숭배라고 제사를 금하는 교회가 우상의 무덤 벌초도 금해 주면 좋을 것을, 그러면 할머니들 조금은 편안하게 지낼 것을.

마을을 한 바퀴 돌아보고 큰길가로 나서려는데 골목 초입에 간판도 없는 구멍가게가 하나 있다. 마침 물건을 새로 들이고 있다. 주인 할머니는 갈수록 장사가 안 된다고 한탄이다. 미역을 실어 나르는 짐차가 부탁받은 물건을 목포에서 사다 주기 때문이다. 맥주고 소주고 술들도 다 목포에서 상자로 사다 놓고 먹는다. 소줏값을 물으니 "2천 원"이라면서 눈을 흘긴다. 사지도 않으면서 값만 묻는 나그네가 귀찮은 모양이다.

가게 앞 골목에는 곱게 차려입은 노인 몇 분이 모여 있다.

"어디 나들이들 가세요."

"주님한테 가는 길이다. 한데 너는 누구네 털보냐?"

걸걸한 목소리의 할머니가 신원 조사를 하고자 한다.

"먼 데서 온 털봅니다."

수염 때문에 종종 털보 소리를 듣는 나그네다.

"누 집 사우냐?"

못 보던 얼굴이니 누구 집 사위나 되는지 궁금한 거다.

"이 마을 사우가 아니라 그냥 나그넵니다."

"아이고, 미안하요. 난 누 집 사운 줄 알았소."

"아닙니다, 할머니. 교회 잘 댕겨 오세요."

마침 교회 봉고차가 와서 교인들을 싣고 관매리 마을 쪽으로 사라진다. 오늘 하루 고된 노동에서 벗어나 쉬게 된 것만으로도 아주 뜻깊은 주일이다.

너머나 오래 살 것도 아닌디
오래 붙잡고 있었소

같은 섬사람들끼리만 결혼하던 섬

영광군 낙월면 안마도. 산으로 둘러싸인 U자형 포구는 호수처럼 잔
잔하고 아늑하다. 옛날 바람이 불면 어선들이 몰려와 피항할 수 있었
던 것도 이런 지형 때문이다.

포구는 나빡, 나루빡 혹은 나박바우 같은 정겨운 이름을 지니고 있
으나 간척으로 갯벌이 매립되고 항만시설이 들어서면서 예스러운 정
취는 사라진 지 오래다.

전부 일고여덟 가구쯤 되는 나루빡마을에는 슈퍼와 민박 같은 섬의
상업 시설이 몰려 있다. 옛날 칠산어장에 조기가 잡힐 때는 이곳에도
파시가 섰다. 지금은 파시도 사라지고 외지 어선들도 찾아오지 않는

다. 안마도 배들만 조업을 나갔다 귀항한다.

안마도는 요즘 한창 꽃게 철이다. 올해 가을은 꽃게가 풍년이다. 육지 상인들이 여객선에 차를 싣고 안마도까지 와서 꽃게를 사 간다.

나루빡마을 민박집에 여장을 풀고 섬 안길로 걸어 들어간다. 옛날에는 산 너머에도 몇몇 마을이 더 있었지만, 지금은 모두 폐촌이 되고 산 안쪽에만 마을이 남았다. 해안도로의 끝, 솔숲 너머 월촌마을이 섬의 중심이다. 면 출장소와 수협 출장소, 무선 중계소, 발전소, 파출소가 모두 이곳에 모여 있다.

예부터 안마도에서는 안마도 사람들끼리만 혼인하는 풍습이 있었다. 월촌마을 강환규 할아버지의 증언이다. 무슨 까닭에 생긴 풍습인지 안마도 사람들도 그 이유를 정확하게는 모른다.

송이도나 낙월도 등 근처 섬들이나 영광과도 멀지 않고 교류도 많았지만, 서로 혼사는 맺지 않았다. 그래서 다들 안마도에 나서 안마도 사람끼리 결혼해 아이 낳고 살다가 안마도에 묻혔다. 작은 섬에서만 혼인이 이루어졌으니 다들 혈족이면서 사돈이었다. 매형이면서 외삼촌이고, 이모면서 형수이기도 했다. 몇 겹사돈도 흔했다.

"몇 번 얽혀서 남이 없어라우."

근래에 와서야 객지 사람들과 피를 섞기 시작했다. 어떤 피치 못할 사연이나 금기가 있었을 것이다. 연구해 볼 만한 풍습이다.

여든여덟 할머니의 농사

월촌마을 당산나무 그늘, 할머니 한 분이 쉬고 있다. 나그네가 인사를 건네자 대뜸 수염 기른 것을 나무란다.

"수염을 일찍 지르면 늙게 보여. 뭐할라고 얼른 늙을라고 해."

마을 당제를 모시는 당나무. 원래 당 할아버지, 당 할머니 두 그루가 있었지만, 할아버지 나무는 죽고 이제는 할머니 나무만 살아서 제사상을 받는다. 여든여덟, 할머니는 작년까지만 해도 혼자 벼농사를 지었다. 너무 힘들어서 올해부터는 다른 사람에게 "해 먹으라고 그냥 줬다." 당신은 밭농사만 짓는다.

나락이 익어 가는 들녘을 바라보는 할머니의 마음이 짠하다.

"쌀농사 안 지으니까 논을 봐도 마음이 안 기뻐. 나락이 나와서 고개 세우고 있는 거 돌아보면 기분이 좋은디."

할머니는 올해 깨 농사도 잘 안 돼서 근심이다.

"깨를 심었는디 아주 잘 컸었어. 근디 하나님 아부지가 비를 너무 많이 줘 갖고 다 망쳐 버렸어. 갈아엎고 마늘이라도 심어야제."

구순을 바라보는 할머니가 지금도 놀면 마음이 편치 않다. 평생 일하며 살아온 습관 때문일 것이다.

"너머나 오래 살겄도 아닌디 하나님 아부지가 이리 오래 붙잡고 있소."

막내딸은 광주에, 큰딸은 법성포에 산다.

"자주 오던 못 해도 나한테 잘한다우."

할아버지는 십 년 전쯤 세상을 뜨셨다.

"영감이 젊어서는 배 쪼깐 탔더라우. 늙어 가면서 작은집 얻어 갖고 강원도 가 살다가 거그서 돌아가셨소. 작은각시 얻어 갖고 나 하고는 떠난 지가 오래됐어."

할머니는 아들을 여럿 낳았지만, 모두 어려서 잃었다. 사산도 하고 키우다 보내기도 했다.

"첫 머스마는 여섯 살 때 죽어 빌고. 큰아들 하나만 살았으면 누구 부러워한다우. 잘생긴 새끼. 고놈 잃어버리고 이렇게 고생한다우."

첫아들은 갑자기 병이 났지만, 손 한번 못 써 보고 보냈다. 그때는 보건소도 없었고, 여객선이 날마다 다니던 때가 아니라 병원에 데려갈 수도 없었다.

"새끼들 병나면 보고 죽을밖에 없어. 시방 보건소 있는 것만도 고맙소."

할아버지는 더는 아들을 못 낳는 할머니를 버리고 떠나 새살림을 차렸고 거기서 아들을 얻었다. 할머니는 어려서 아들 여럿을 잃어버린 것이 원통하고 한스럽다.

묵정밭이 되었지만, 옛날에는 안마도 산들도 중턱까지 모두 밭이었다. 섬은 오랫동안 어로보다 농사가 주업이었다. 작은 섬에 많은 인구가 먹고살기 위해 산을 일구었다. 그러나 지금은 노인들만 남아 농사 지을 힘이 없다 보니, 밭은 다시 우거진 숲이 되었다.

"산 밑이 빽빽빽 밭이거든. 다들 묵여 버리고."

할머니는 아쉬운 듯 산밭을 바라본다. 할머니는 저 건너 신기마을에서 태어나 월촌마을로 시집온 뒤로 한 번도 섬을 떠나지 않았다. 섬에 사는 노인들이 태반이 그렇다. 오늘은 모처럼 쉬지만, 할머니는 내일 아침에는 다시 밭을 매러 갈 생각이다. 움직일 수만 있다면 죽는 날까지 그러할 것이다.

하느님 아부지가
누구는 차별하것소

"날마다 일만 하고 살았응께 손도 발도 오그라졌소"

안마도 들녘은 어느새 가을이다. 월촌마을에서 신기마을까지 들녘은 온통 황금빛이다. 여름 내내 빳빳하게 고개를 세우고 있던 벼들이 이제 누렇게 익어 고개를 숙이기 시작했다.

신기마을 산 아래 초지에서 소 떼가 풀을 뜯고 있다. 족히 스무 마리는 될 듯하다. 하지만 신기마을은 거의 폐촌 지경이다. 도로가에 있는 집 몇 채만 사람이 살고 마을 대부분은 더는 사람이 살지 않는 빈집이다. 빈집들은 모두 염소와 닭들 차지다.

이 집도 빈집일까. 인기척 없는 집 마당에 들어섰다 돌아서려는데 사람 소리가 들린다.

"가지 마시오. 나는 사람 구경 못 하고 사요. 어서 들어오시오."

백발성성한 할머니 한 분이 방문을 열고 나그네를 부른다. 할머니는 거동이 불편한지 다리를 끌며 마루로 나온다.

"서러워 죽겠소. 이러고 살면 뭐한다우. 아들 죽고 울고 다니다가 한 다리가 부러져 버렸소."

관절염에 시달린 할머니의 손가락도 모두 비틀려 있다.

"날마다 일만 하고 살았응께 손도 발도 이러고 오그라졌소. 어서 가야 할 틴디, 안 강께 걱정이오."

할머니는 광주에 살던 아들을 잃고 벌써 여섯 해째 상심에 빠져 허깨비처럼 살아왔다. 작년에는 딸마저 유방암으로 앞세워 보냈다.

"나 혼자 엎어져 있응께 사람도 아녀요. 날마다 눈물만 흘리며 살고 있소. 밤낮 앉아서 땅굴만 파고 있소. 그 일만 생각하면 눈물이 나, 이렇게 종일 들어앉아 땅굴만 파고 있소. 며칠씩 잠도 안와 헛굴만 파고 앉았소. 자식 보내놓고 놈 부끄러워 집 밖으로도 못 나가고 담 안에서만 사요."

할머니는 아들 둘, 딸 열을 낳았지만, 아들 둘, 딸 넷은 먼저 보냈다.

"아들이 참 잘났었는디. 마흔아홉에 가 버렸어. 내 아들 가 버링께 나 찾아오는 사람이 아무도 없어, 그랑께 분하고 짠하제."

할아버지는 일흔넷에 돌아가셨다.

"영감은 자식들 하나도 안 앞세우고 갔어. 빙나 갖고 여드레 만에

가 버렸어. 드러눕자 물 한 방울 안 마시고 여덟 날 누워 있다 그냥 갔어. 자식들 다 앉혀놓고 갔어. 험한 꼴 안 보고. 팔자가 좋은 양반 아니오. 참 복도 많은 영감이요."

자식들이 모시겠다고 해도 안 가고 병원에 입원하라 해도 안 하고 섬에 혼자 사는 할머니.

"내가 뭐하러 병원에 간다우. 얼마나 더 살라고. 벌써 춥소. 추우면 뻑다구 오그라징께 불 넣고 사요."

백발성성한 할머니는 여든넷.

"내 나이 다 먹고 남의 나이 넷이요."

지금은 덤으로 사는 중이다. 할머니는 벌써 선산에 묘지도 잡아 놓았다. 왔던 곳으로 돌아갈 날만을 기다린다.

"나는 내 땅으로 갈라고 병원에 안 가라우."

걷지도 못 하는 불편한 몸이지만, 할머니 집 안팎은 무척 정갈하다.

"풀풀 기어 댕기면서라도 걸레 갖고 방 닦고 부엌 닦고 그라요. 그래도 여가 내 집이라 내 맘대로 하고 있응께 질로 편하요. 혼자 있응께 맘 편해요. 라멘도 해 묵고, 전기밥솥에 밥도 해 묵고. 나 울고 싶으면 울고, 먹고 잡으면 먹고."

"바람만 불어도 아부지 살려주시오"

할머니는 거동도 못 하지만, 누구 눈치도 보지 않고 울고 싶을 때 맘껏 울고 배고플 때 라면이라도 끓여 먹을 수 있는 당신 집이 가장 좋다. 그래도 혼자 문밖출입을 하지 않고 틀어박혀 살아가니 더러 교인들이 교회에 나가자고 찾아오기도 한다.

"교회 다니라 하면 나가 그라요. 하느님 아부지가 누구는 차별하것소. 교회 다니나 안 다니나 아부지 아들이제. 어떤 자식은 자식 아녀요. 하늘에서 내려다보면 다 같은 자식이제. 교회 안 댕긴다고 자식이 아니겠소. 바람만 불어도 아부지 살려주시오. 그라고 사는 세상 아녀요. 그라요, 내가."

나그네가 그만 돌아가려고 일어서자 할머니는 조금만 더 있다 가라고 붙든다. 그 눈빛이 너무도 간절해서 다시 주저앉는다. 할머니는 자식도 없이 혼자 떠돌며 산다는 나그네가 안쓰럽다.

"자식은 내리사랑이라. 자식 없으면 사람이 암것도 아녀요. 내 자식 없으면 누가 전화하고 그런다우."

늙어서 외롭지 않으려면 자식을 꼭 가지라고 거듭 당부하는 할머니. 자식이 있다 해서 외로움을 피할 수 있을까. 자식을 열둘이나 낳은 당신도 이토록 처절한 외로움 속에서 죽어가고 있지 않은가.

성도 이름도 없이
누구 어메라 하고

통영시 연화도. 허름한 붉은 양철지붕 집 마당에서 할머니는 호박을 말리고 있다. 호박을 잘게 썰어서 말리지 않고 한 통의 반을 잘라 속을 파내고 통째로 말린다.

"할머니, 어째서 호박을 통으로 말리세요?"

할머니는 호박을 통으로 건조했다가 꾸득꾸득 마르면 길게 썰어서 묵나물을 만들 거란다.

"고향이 어디세요 할머니?"

"거제서 나서 열여덟에 시집와 이라고 있습니다. 아파트에서는 못 살겠고 그래서 이라고 있습니다."

할머니는 자식들한테 가서 살아도 봤지만, 답답해서 이내 다시 돌아왔다.

"열, 열하나씩 살았어요. 씨아재, 씨누들 여기서 다 키와서 시집 장가 보냈지. 씨아재는 또 미국 가고, 한 씨아재는 죽고, 영감도 십 년 전에 돌아가고."

이 작은 집에서 열 명씩, 열한 명씩 북적거리며 크고 자라 지금은 다들 멀리 떠나 살고, 더러 이승을 뜨기도 하고 이제는 할머니 혼자만 산다. 혼자 살기에도 넓어 보이지 않는 집에서 예전에는 다들 그렇게 살았다.

"연세는 어떻게 되세요, 할머니?"

"여든둘, 설 쇠면 셋이고. 다리가 아파서 염증 수술하고 마산까정 맨날 약 타러 다닙니다. 걱정이 태산이요, 태산. 돈도 없고."

할머니는 통영까지 배를 타고 나가 손자들이 사는 마산 어느 병원까지 또 버스를 타고 가 서 약을 타 오는 일이 고역이다. 할머니는 아직 군불을 때고 사는 부엌 바닥을 수수 빗자루로 쓸어 낸다.

"사람 사는 것도 아니지."

누추한 부엌살림을 들킨 게 민망한지 할머니가 괜한 말씀을 한다.

"불을 때서 난방하세요?"

"나무도 때고 추운 날은 전기도 꼽고."

"나무는 어디서 구하시는데요?"

"영감이 해 놓고 갔어요."

"십 년 전에 돌아가신 할아버지가요?"

"예, 빈집에 해 놓고."

할머니는 십 년 전에 할아버지가 해 놓고 간 나무를 아끼느라 몸이 성할 때는 손수 해다 땠을 것이다. 몸에 병이 생겨 움직이기 어려운 이즘에야 아껴 둔 나무를 가져다 때는 것이겠지.

"무릎에 물이 고여서 두 번이나 수술했어요. 죽을 날을 알면 수술을 안 할 텐데. 구십까지 살게 되면 밥도 못해 먹고 자식들 원망 들을 것 같어서 죽으나 사나 수술했지요. 입때까장 병원 모르고 살았는데 병원에 갇혀 있으려니 좀 갑갑했어야 말이지. 죽을 때까정 병원을 모르고 살어야 하는데, 맘대로 안 되는 기고."

마산에 살던 큰아들은 진즉 세상을 떴고, 며느리만 손자들이랑 함께 산다.

"큰아들은 죽고. 메느리가 손자들 돌보고 사니라 고생이 많제. 내사 농사 이놈 갖고 애들 공부시킨다고 허리도 꼬부라지고."

"할아버지가 먼저 돌아가셔서 서운하셨죠?"

"하나씩 죽어야 하제. 늙어서 둘이 있으면 어쩔 거야.

기둥에는 십 년 전에 돌아가신 할아버지의 명패가 여태 걸려 있다.

"할머니 성함은 어떻게 되세요?"

"성도 이름도 없어요. 누구 즈그 어메라고 부르고. 아무 것이네 하고. 성도 이름도 없이 살아요."

할머니는 마당에 널어 말리던 메밀을 까불러 나간다.
"감기 들면 끓여 먹고. 열을 내린다 해요. 메밀이."
혼자 살지만, 할머니는 아픈 다리를 이끌고 종일 움직인다.
"가만있으라 한들 가만 못 있어요. 일해 먹던 사람이 돼 놔서."
'챙이(키)'로 메밀 터는 모습을 지켜보다 인사를 드리고 돌아서는데, 할머니 목소리가 발길을 붙든다.

"나 이름은 윤필순이요."